AU ROI

EN SON CONSEIL D'ÉTAT.

MÉMOIRE

POUR

1° M. JACQUES-LOUIS AUBRY,

Propriétaire, demeurant à **Loches** (département d'Indre-et-Loire).

2° Mme Veuve ARDIET, née AUBRY,

demeurant à **Courlans** (département du Jura).

Héritiers bénéficiaires de Mme veuve DUPARC-DE-PEIGNÉ
(née **Aubry**).

Me MIRABEL CHAMBAUD,
avocat à la Cour de cassation et aux
conseils du Roi.

PARIS.

IMPRIMERIE DE E. MARC-AUREL, RUE RICHER, 12.

1846.

TABLE SOMMAIRE.

AU ROI

—

SIRE ,

La loi, prévoyante et morale en même temps, a voulu mettre des limites aux excès possibles de choses excellentes par elles-mêmes, la libéralité, la bienfaisance; dans cette vue, elle a confié au pouvoir souverain la haute surveillance des dons faits à des établissements publics, de quelque nature qu'ils soient.

Que des particuliers parviennent à détourner de leur cours naturel une fortune qui n'aurait pas dû leur appartenir, c'est là une affaire du droit civil, soumise aux tribunaux ordinaires, et il en doit être ainsi, car la libre transmission des biens, lorsqu'il n'existe pas d'héritiers à réserve, étant autorisée, c'est aux tribunaux qu'appartient la mission de rechercher si quelque acte n'a pas été commis, qui ait opprimé la volonté du testateur.

Mais, en matière de libéralités faites à des établissements publics, de plus hautes et de plus puissantes raisons de décider doivent être invoquées. Il importe peu que la volonté du donateur ou du testateur ait été libre, ce qui importe, dans l'intérêt de l'administration, dans celui, plus général encore du bon ordre de la société, c'est que les établissements publics ne rendent pas biens de main morte des valeurs considérables, ne reçoivent pas, pour les employer à des actes nuisibles ou pour le moins inutiles, des biens qui, laissés dans le commerce, fructifieraient, enrichiraient et leurs possesseurs et l'Etat.

L'intérêt des familles doit également être pris en grande considération, il y aurait quelque chose de trop odieux à voir, par exemple, l'héritier d'une grande fortune, mendier son pain, à la porte du palais construit des deniers de la succession, passée dans les mains d'un établissement public.

Nous venons, en invoquant ces principes, solliciter de la justice de Votre Majesté, qu'elle veuille bien, usant de son autorité souveraine, réduire les dons et legs dans une affaire qui présente le spectacle d'une sœur, d'une tante dépouillant de l'héritage que leur assurait la loi naturelle et la loi civile, un frère qui est loin d'être riche, une nièce qui touche à l'indigence, et cela pour gratifier des établissements publics de la presque totalité de sa fortune.

Mme Joséphine-Antoinette Aubry, veuve de M. Vincent-Henri Duparc de Peigné, née le 17 février 1772, est décédée à Méximieux (département de l'Ain), le 15 octobre 1844, à l'âge de 71 ans 8 mois, laissant pour héritiers, M. Aubry, son frère et Mme veuve Ardiet, sa nièce.

Mme Duparc avait, de son vivant, fait des donations à la commune de Méximieux, à la ville de Bourg et au département de l'Ain; après son décès, divers testaments et codicilles ont été produits, ces actes contiennent la confirmation de la donation faite à la commune de Méximieux des libéralités nouvelles en faveur de la même commune de Méximieux et des libéralités en faveur de la commune de Charnoz.

Les libéralités faites par Mme Duparc sont tellement élevées, qu'elles absorberaient toute la succession laissée par cette dame, si elles étaient admises dans leur intégralité; mais un double emploi a été reconnu, quelques réductions ont été consenties ; malgré ces retranchements les libéralités dont les donataires et légataires demandent l'exécution sont encore excessives et au delà de ce que la fortune de Mme Duparc pouvait permettre.

Jusqu'à ces derniers temps les actes de libéralité de Mme Duparc n'avaient été portés à la connaissance de ses héritiers que successivement. d'une manière incomplète, à des époques différentes et éloignées ; par suite les exposants s'étaient vus dans la nécessité de produire leurs réclamations d'une manière également successive et incomplète, au moment où chaque libéralité nouvelle leur était révélée.

Ainsi, le 8 novembre 1844, pétition au roi, par Mme veuve Ardiet ;

Le 15 du même mois, lettre à M. le ministre de l'intérieur, par M. Aubry et Mme Ardiet ;

Le 27 du même mois, pétition au roi, par Mme veuve Ardiet ;

Le 5 décembre suivant, lettre à M. le ministre de l'intérieur, par M. Aubry, pour lui et sa nièce ;

Le 1er février 1845, lettre au même ministre, par M. Aubry ;

Le même jour, mémoire au même ministre par M. Aubry ;

Enfin, le 29 novembre 1845, lettre au même ministre, par M. Aubry.

Un pareil mode de discuter a dû inévitablement jeter l'affaire dans la confusion et les redites

Aujourd'hui, que toutes les libéralités de Mme Duparc sont connues et que les actes qui les contiennent ont été textuellement portés à la connaissance de ses héritiers, il importe, en traitant l'affaire dans son ensemble, de faire disparaître la confusion et les redites.

C'est le but que se propose le présent mémoire.

Nous diviserons notre discussion en deux parties.

Dans la première, qui contiendra l'exposé moral de l'affaire, nous ferons connaître :

1º Le montant des libéralités de Mme Duparc ;

2º La fortune laissée par elle ;

3º L'origine de cette fortune ;

4º L'état de santé de Mme Duparc ;

5º Quels sont ses héritiers, leur famille, leur fortune ;

6º Enfin les rapports de Mme Duparc avec ses héritiers.

Dans la deuxième partie, nous examinerons, en elles-mêmes, les libéralités faites par Mme Duparc en faveur de :

1º La ville de Méximieux ;

2º La commune de Charnoz ;

3º Le département de l'Ain ;

4º La ville de Bourg.

Nous présenterons ensuite le résumé et les conclusions de l'affaire.

Enfin, dans un appendice, nous donnerons le texte des actes de libéralités.

PREMIÈRE PARTIE.

1ᵉʳ §. Libéralités de Mᵐᵉ Duparc.

Mme Duparc a donné :

A la ville de Méximieux (1)......................	10,000 f. » » c.
A la commune de Charnoz (2)................	12,000 » »
A la même commune (3).....................	25,000 » »
A la ville de Méximieux (4)....	10,000 » »
A la commune de Charnoz (5)................	21,000 » »
A Milliat fils (6)...........................	4,000 » »
Au département de l'Ain (7)................	40,000 » »
A la ville de Bourg (8)......................	50,000 » »
Total des libéralités............	172,000 » »

Le relevé que nous venons de présenter ne peut donner lieu à aucune critique, car il ne fait que reproduire les dispositions des actes de libéralités. Il faut remarquer toutefois, qu'il est plus élevé de **2,000** fr. que celui présenté par M. Aubry, dans son mémoire du 1ᵉʳ février **1845**; cela tient à ce que les terres de Charnoz ne sont portées, par M. Aubry, qu'à **10,000** fr., tandis qu'elles ont été estimées par experts à **12,000** fr. ; c'est ce dernier prix qui nous a paru devoir être adopté.

---

(1) Donation entre vifs, du 28 mars 1837, devant Mᵉ Portallier, notaire à Méximieux. Nous n'avons pas le texte de cette donation, et en conséquence nous n'avons pu le mettre dans l'appendice de ce mémoire. *Voy.* app., n° 1ᵉʳ.

(2) Testament en date du 23 août 1837. *Voy.* le texte à l'app. n° 2.

(3) Codicille du 5 septembre 1840. *Voy.* le texte à l'app. n° 3.

(4) Même acte que ci-dessus.

(5) Codicille du 30 mai 1842 contenant fidei-commis à M. de Montherot. *Voy.* le texte à l'app. n° 4.

(6) Même acte que ci-dessus.

(7) Donation du 11 juillet 1844. *Voy.* le texte à l'app. n° 5.

(8) Donation de la même date. *Voy.* le texte à l'app. n° 6.

II §. Succession de Mᵐᵉ Duparc.

—

L'actif de la succession de Mme Duparc se compose ainsi qu'il suit :

Mobilier à Paris (1).....................	7,752 f.	50 c.
Deniers à Paris (1).........	2,051	81
Huit obligations (1).	136,000	»»
Glaces (2).................................	550	»»
Mobilier et dèniers à Méximieux (3)............	3,651	70
Billet du général Picquet (3)	500	»»
Décompte de rentes viagères et pension de veuve (3)	1,100	»»
Rentes sur l'État (capital au cours, sauf variation) (3)	40,000	»»
Statue (4).................................	5,500	»»
Somme payée sur la donation à la ville de Méximieux (5)...........................	10,000	»»
Somme payée à la ville de Bourg............	5,000	»»
Terres à Charnoz (6)...................... ..	12,000	»»
Mobilier à Méximieux (7)...................	418	25
Intérêts et arrérages de rentes............	mémoire.	
Total de l'actif................	224,324	26

Le tableau ci-dessus de l'actif de la succession de Mme Duparc diffère

---

(1) Inventaire, en date au commencement du 11 novembre 1844, enregistré le 18 du même mois, *dressé à Paris* par Mᵉ Piet, notaire.

(2) Ces glaces n'avaient pas été inventoriées, elles ont été reconnues plus tard faire partie de la succession.

(3) Inventaire, en date au commencement du 6 décembre 1844, enregistré le 16 du même mois, dressé à Méximieux par Mᵉ Portallier, notaire.

(4) Voir au passif.

(5) Cette somme s'applique à la première donation ; elle a été versée du vivant de Mᵐᵉ Duparc et se trouve dans les caisses du receveur particulier de Trévoux.

(6) Voir ce que nous avons dit ci-dessus après le relevé des libéralités.

(7) Cette somme provient d'une plus value de vente du mobilier de Méximieux.

avec celui dressé par le conseil général de l'Ain (1), dont le total est de 215,524 fr. 26 c.

Voici l'explication de cette différence :

C'est à tort que l'on a compris dans ce dernier tableau une somme de 3,000 fr. pour arrérages de rentes et intérêts de capitaux, car, M. Jacquemet qui recevra 40,000 fr., le département de l'Ain qui demande à recevoir 40,000 fr., et tous les autres légataires et donataires, pourraient avoir droit aux arrérages des rentes et aux intérêt des capitaux, pour leur part respective, d'où il suit, que quelque soit le montant de ces arrérages ou intérêts, on ne peut en tenir compte ni à l'actif ni au passif; il est nécessaire seulement, de porter à l'actif une somme pour mémoire, laquelle ne peut être que très-minime, et qui représentera les intérêts des sommes qui, en définitive, reviendront aux héritiers.

C'est donc à 212,324 fr. 26 c. que doit se réduire le tableau dressé par le conseil général de l'Ain; mais on a omis, dans ce tableau, 10,000 fr. payés par Mme Duparc, comme nous l'avons vu il y a un instant, et déposés chez le receveur de Trévoux, et 2,000 fr., sur le prix des terres de Charnoz, ces deux sommes ajoutées à 214,324 fr. 26 c. donnent 224,324 fr. 26 c., somme égale au total de notre tableau.

Nous n'avons pas à nous occuper des calculs présentés au conseil municipal de Bourg (2), ni de ceux présentés au conseil municipal de Méximieux (3), parce que les rédacteurs des rapports n'avaient pas sous les yeux des éléments exacts.

---

(1) Délibération du 29 août 1845.
(2) Délibération du 25 janvier 1845.
(3 Délibération du 4 mars 1845.

Venons maintenant au passif de la succession :

Dettes à Paris (1)............................. ...	6,081 f.	50 c.
Créance Jacquemet........................	40,000	» »
Dettes à Méximieux (2)...............	2,286	» »
Frais de succession, au plus bas................	9,000	» »
Réparations locatives à Paris...........	550	» »
Réclamation de M. Visconti (3)..	400	» »
Somme payée à M. Barre, sculpteur (4)	5,500	» »
Perte sur le bail de Paris (5).....·............	mémoire.	
Frais des donations..., ...	900	» »
Total du passif.................	64,717	50

Ce tableau du passif présente un total supérieur à celui trouvé par le conseil général de l'Ain, total qui est de 57,736 fr., plus 900 fr.. en tout 58,656 fr.

Voici pourquoi :

Dans le tableau dressé par le conseil général, on a classé comme dettes de Paris, la somme de 2,286 fr., tandis que cette somme est le montant des dettes . de Méximieux ; les dettes de Paris qui n'ont pas été comptées par le conseil général, s'élèvent à 6.081 fr. 50 c. ;

---

(1) Inventaire de Paris. Voy. supra note de la page 8.
(2) Inventaire de Méximieux. Voy. supra note de la page 8.
(3) Pour le plan de la fontaine de Méximieux.
(4) Pour la statue dont il est parlé à l'actif.
(5) Le bail de l'appartement de Paris court jusqu'à 1853, on n'a pu le résilier avec une offre au propriétaire de 1,500 fr. d'indemnité.

en ajoutant cette dernière somme à celle de 58,656 fr. on trouve notre total de 64,717 fr. 50 c.

En défalquant de l'actif qui est de.............. 224,324 f. 26 c.
Le passif qui est de.................... 64,717   50

On trouve pour le net de la succession........ 159,606   76
Que nous porterons, pour faciliter nos apprécia-
    tions, à la *somme ronde de*..:.............. 160,000   » »

En comparant les libéralités de Mme Duparc dont
    le total monte à........................ 172,000   » »

Au net de la succession qui est de............ 160,000   » »

On voit que Mme Duparc, si toutes ses libéralités
    recevaient effet, aurait disposé au-delà de sa
    fortune de............................. 12,000   » »

Mais, ainsi que nous l'avons dit au début de ce mémoire, il y a un double emploi reconnu et des réductions consentis; ce n'est pas ici le moment de nous occuper de ces points, nous le ferons dans notre deuxième partie.

III §. Origine de la fortune de Mme Duparc.

—

Il ne nous paraît pas qu'on doive attacher une grande importance à l'origine de la fortune laissée par Mme Duparc; que cette fortune provienne de sa propre famille ou bien de M. Duparc, son mari, cela est à peu près indifférent, du moment que des héritiers ne sont pas en présence, et qu'il s'agit, pour un frère et pour une nièce, de lutter contre des établissements publics donataires ou légataires; aussi, n'aurions-nous pas abordé cette question si, dans des pièces qui seront mises sous les yeux de Votre Majesté, on ne trouvait des assertions erronnées qu'il importe de contredire.

On lit dans une délibération du conseil municipal de la ville de Méximieux (1) :

« D'ailleurs cette fortune (celle de Mme Duparc) ne provenait pas entièrement » de sa famille, elle n'avait eu, pour patrimoine, que le tiers de quelques » immeubles, qu'elle vendit 6,400 fr., et le tiers de la propriété de Charnoz, » que son père avait acheté 54,000 fr. et qui prit bientôt une plus grande · » valeur, etc. etc.

» Cette fortune s'accrut successivement par les acquisitions et les économies » qu'elle fit avec son mari, et par le legs qu'il lui fit de tous ses biens, à la » condition de laisser à son neveu une somme de 40,000 fr., bien inférieure aux » droits qu'il avait à prétendre dans la communauté.

» La prétendue spoliation, dont les héritiers de Mme Duparc se plaignent » avec tant d'amertume, frappe donc une grande partie des biens qui n'étaient » pas le patrimoine de leur famille, s'il peuvent se dire spoliés, les héritiers » de M. Duparc peuvent aussi crier à la spoliation. »

Le passage que nous venons de citer est plein d'erreurs; ses conclusions ont cependant été adoptées de confiance, par le conseil général de l'Ain (2).

---

(1) 4 mai 1845.
(2) Délibérations du 29 août 1845.

Nous disons : 1° *En fait*, la fortune laissée par Mme Duparc provient, pour la presque totalité , du patrimoine de cette dame ;

2° *En droit*, il n'a jamais existé de communauté entre M. et Mme Duparc, en ce qui concerne les terres de Charnoz, et M. Duparc ne pouvait réclamer, à titre de communiste, une somme de 40,000 fr.

Sur le premier point :

M. et Mme Duparc se sont mariés à Paris en 1799 sans conventions matrimoniales; M. Duparc n'apportait aucune fortune; Mlle Aubry apportait ses droits dans la succession de son père, elle en a recueilli *un tiers de la terre de Charnoz*, et plus de 12,000 fr. en argent ; Mme Duparc a reçu , ensuite , la succession de sa mère, qui s'est élevée environ à 21,000 fr. M. et Mme Duparc vivaient des revenus de Mme Duparc et des places de M. Duparc, officier du génie.

En 1800, Mme Duparc acquit un tiers de la terre de Charnoz, sur une estimation totale de 46,000 fr.; en 1808, elle acquit le dernier tiers, sur une estimation de 84,000 fr.

M. Duparc n'a jamais recueilli aucune succession ; ses appointements ont servi, avec partie des revenus de Mme Duparc, à soutenir le ménage.

En 1853, Mme Duparc, alors veuve, a vendu la terre de Charnoz, sa maison d'habitation et une ferme, au prix de 152,000 fr. ; la deuxième ferme environ 50,000 fr., au total plus de 200,000 fr.

De tout ce que nous venons de voir il résulte :

1° Que la presque totalité de la fortune laissée par Mme Duparc provient du prix des terres de Charnoz;

2° Que plus des deux tiers de la valeur des terres (en 1799) ont été apportés par Mme Duparc;

Que le surplus a été acquis de l'argent de Mme Duparc ;

4° Que M. Duparc n'a jamais, dans le courant de son mariage, contribué aux charges qu'avec ses appointements et sa retraite, ce qui était insuffisant.

D'où la conséquence, *en fait*, que la presque totalité de la fortune laissée par Mme Duparc provient de cette dame et non de M. Duparc.

Sur le deuxième point :

Nous avons vu que M. et Mme Duparc s'étaient mariés en 1799, à Paris, sans contrat de mariage ; sous quel régime étaient les époux quant aux biens immeubles situés à Charnoz, dans la province de Bresse ?

Et d'abord il est constant que c'est la loi en vigueur au moment du mariage qui, à défaut de contrat anté-nuptial, régit les droits matrimoniaux, par la raison que lorsque les époux n'ont pas fait de conventions matrimoniales, ils sont censé avoir adopté toutes les dispositions y relatives, qu'embrasse la coutume sous la domination de laquelle se trouvait leur domicile lorsqu'ils se sont unis. (Dalloz, P. 2. 713, n° 4.)

M. et Mme Duparc s'étant mariés à Paris sont donc soumis à la coutume de cette ville.

La coutume de Paris établissait la communauté à défaut de conventions matrimoniales, mais cette coutume ne régissait pas les biens immeubles situés hors de sa domination ; ces biens étaient régis par la coutume ou le droit écrit du lieu de leur situation (1).

Or, les terrres de Charnoz, situées en Bresse étaient soumises à la loi qui régissait cette province.

Voyons donc ce que porte la coutume de Bresse en cas de mariage sans conventions matrimoniales ?

---

(1) Nous n'ignorons pas que quelques auteurs ont essayé de soutenir le contraire, mais d'*Argentré* les a refutés avec une grande vigueur, et il avait raison.

Nous lisons dans Collet (1) livre 5°, sous le chapitre du mariage:

« Je pense qu'il est à propos de traiter ici les questions principales qui
» naissent des mariages et des contrats qui en sont la matière et le fondement.
» J'ai parlé sur le premier livre, des questions qu'on a faites sur les mariages
« comme sacrements, ici je parlerai de celles qui dépendent de la *police civile*
» *et des conventions des parties.*

» Si on me demande d'où vient que ces statuts (de Savoie) n'en ont rien dit,
» je répondrai que ce sont des statuts pour régler la police, et qui supposent
» des lois plus générales, qui ont réglé les plus grandes affaires, lesquelles
» les statuts ne corrigent pas, ils les confirment en ce qu'ils les laissent en
» l'état qu'elles étaient sous la domination des autres souverains. Nous avons
» cela de particulier en ce pays, que si les lois romaines sont les plus belles
» et les plus parfaites, *nous les avons conservées dans leur pureté* plus qu'aucun
» pays du monde, je n'en excepte pas Rome même, ni l'Italie où les consti-
» tutions des papes ont fait le droit civil. En France, on a reçu tant de lois
» et de coutumes sur les contrats de mariages, qu'on dirait que le plus im-
» portant de tous les contrats est le plus difforme, en ce que chaque coutume
» lui a donné une forme selon son génie, laquelle forme particulière n'a nul
» rapport à celles que les belles lois des anciens avaient. »

Et plus loin :

« J'ai déjà dit qu'en Bresse il n'y a point d'augment coutumier, et que les
» contrats y sont si libres, qu'ils ne sont limités par aucunes des conditions
» qui en font toute la constitution dans les autres pays, les parties qui les font
» sont tellement maîtresses des clauses et des conditions de leurs mariages qu'on
» peut dire qu'en ce pays seul on pourrait faire des contrats de mariage
» *sans dot, sans clauses et sans autres conditions que celle de l'union des*

(1) Explication des statuts (de Savoye), coutumes et usages observés dans la province de
Bresse Bugey, Valrosnay et pays de Gex, par Philibert Collet, avocat au parlement.
Lion M. D. C.XCVIII.
La Bresse réunie à la France en 1601 par échange avec le marquisat de Saluces, bien que
confondue un peu plus tard, *en ce qui concernait l'administration*, avec la Bourgogne, ne
prit nullement les coutumes de cette dernière province: le *Statut Savoisien* continua de
la régir jusqu'à l'abolition des coutumes et l'établissement de la législation uniforme qui
nous régit aujourd'hui

» *personnes.* Si on y garde quelques règles, ce sont les règles générales par
» lesquelles on ne peut contracter un mariage sans en avoir le pouvoir, etc.
» etc,... A cela près, et en *ce qui embrasse l'intérêt des parties*, on *est ici*
» *dans une liberté aussi grande* qu'on *était à Rome dans le temps de la*
» *république.* »

Ainsi la loi romaine régissait la Bresse en tout ce qui n'était pas
prévu par le statut de Savoie, *notamment* pour les *conventions matrimoniales,*

Or, qu'elles étaient les dispositions de la loi romaine, lorsqu'aucun
contrat de mariage n'était intervenu?

Nous ne voudrions pas répéter ici ce que tout le monde sait, contentons-
nous de citer deux auteurs.

Voici ce que dit sur la question M. Merlin (1).

« A Rome, on distingue trois espèces de mariages. 1°... 2°... 5° celui qui
» se contractait *per usum,* lorsqu'un homme et une femme vivaient ensemble
» comme époux, le mariage ne soumettait pas la femme à la puissance de son
» mari ; elle ne changeait pas d'état, et demeurait, comme avant le mariage,
» soumise à la puissance paternelle. Elle était simplement appelée matrone,
» *à matrimonio,* comme vivant dans le mariage ; elle conservait la propriété de
» ses biens. Le mari ne jouissait que de ceux qu'elle avait apportés dans sa
» maison. C'est de là qu'on a défini *Dot* ce que la femme apporte à son mari,
» pour soutenir les charges du mariage. On conçoit aisément que ces mariages
» *per usum* devaient être équivoques, et qu'il était difficile de distinguer,
» quant un homme vivait avec une femme, s'il avait la volonté qu'elle fût son
» épouse ou seulement sa concubine. Il n'y avait que le contrat ou l'acte qui
» contenait la constitution de dot, qui fût une preuve de la volonté des conjoints ;
» lorsqu'il n'y avait pas de contrat, le mariage n'était appuyé que sur la pos-
» session, et ne pouvait se prouver que par témoins. Justinien voulant remédier
» à ce désordre, au moins à l'égard des personnes d'un rang élevé, ou qui
» méritaient quelque considération, ordonna, par les novelles 74 et 117, que

(1) Répertoire de jurisprudence au mot *dot.*

» ceux qui étaient revêtus des grandes dignités, les sénateurs et tous ceux
» qui avaient la qualité d'*illustres*, ne pourraient se marier sans dot, ni sans
» donation à cause des noces; et que ceux qui seraient d'une moindre dignité,
» et qui ne voudraient pas faire de contrat secret, iraient dans une maison
» d'oraison, et déclareraient leur mariage au prêtre qui en dresserait un acte. »

Cette dernière formalité était l'équivalent du mariage religieux, pratiqué sous l'ancienne législation française et du mariage civil de nos jours.

Voilà pour ce qui concerne le droit romain, en lui-même :

Quant à son application aux pays de droit écrit, jusqu'à la promulgation du Code civil, écoutons M. Berlier (1) :

« Dans les pays de droit écrit, point de communauté sans une convention
» spéciale pour l'établir; si la femme se constitue une dot, l'administration et
» les fruits en appartiennent au mari pour soutenir les charges du mariage;
» au surplus inaliénabilité de la dot et disponibilité absolue laissée à la femme
» de tout ce qui est *extra-dotal* ou paraphernal, tel est le dernier état du droit
» romain, formellement exclusif de la communauté d'aucuns biens entre époux,
» quand il n'y avait pas de stipulation contraire. »

Ainsi donc le mariage de M. et de Mme Duparc n'était nullement sous le régime de la communauté, en ce qui concernait les terres de Charnoz, il était au contraire sous l'empire du droit *romain pur*, comme dit Collet, le régime dotal dans toute la rigueur.

Votre Majesté peut voir maintenant, si, en présence des faits que nous avons rapportés dans le point qui précède celui-ci, M. Duparc avait droit à une somme de 40,000 fr. pour acquets de communauté, et s'il est exact que les héritiers de M. Duparc soient dépouillés par les dispositions de Mme Duparc.

Notre 2e proposition est donc justifiée.

---

(1) Conférence du Code civil avec la discussion, etc. Paris, an XIII, vol. 5, p. 226. Sous l'art. 1393 du code civil.

IV §. État de santé de Mme Duparc·

—

La plus grande réserve est imposée aux héritiers de Mme Duparc
sur la situation de santé de cette dame ; ils se contenteront de dire,
qu'un affreux malheur de famille, la mort violente d'un fils unique,
qui était venu la frapper en 1830, n'avait pu qu'exalter encore un
esprit naturellement exalté.

Les héritiers de Mme Duparc n'ajouteront rien ; ils respecteront le
secret des papiers de famille, et ils laisseront parler des médecins,
dont il n'est permis à personne de mettre en doute le savoir et la
conscience.

« Nous soussignés, docteurs en médecine de la Faculté de Paris, certifions
» avoir donné des soins à Mme Françoise-Antoinette Aubry, veuve Duparc de
» Peigné, pendant les années 1833, 1834, 1835 et 1836, à Tours, et avoir
» constaté chez elle des symptômes non douteux d'une aliénation mentale bien
» prononcée, principalement par une exaltation extraordinaire et très-souvent
» par un désordre complet dans les idées, qui nous a paru avoir été causé par
» de violents chagrins et surtout par la mort prématurée de son fils unique, et
» peu de temps après, par celle de son mari.

» Tours, ce 30 novembre 1841.

» Signés : HERPIN, chirurgien en chef de l'hôpital, professeur à l'école
    » de Médecine,

    » TONELLÉ, directeur de l'école de médecine, chirurgien en
        » chef de l'hôpital. »

« Je soussigné, atteste en outre qu'ayant vu Mme Duparc à Paris, rue
» Saint-Honoré, 336, vers le commencement de 1842, j'ai constaté les mêmes

» symptômes qui avaient alors encore plus d'intensité ; ces faits, du reste,
» sont de notoriété publique.

« Signé : Tonnellé, docteur-médecin. »

« Je soussigné, docteur en médecine de la Faculté de Paris, médecin du
» ministre des travaux publics, certifie avoir donné des soins à Mme veuve
» Duparc, née Aubry, pour une névralgie périodique lombaire et abdominale,
» depuis le mois d'octobre jusqu'au mois de juin 1844, époque à laquelle
» Mme Duparc est partie pour la campagne où elle a succombé.

» Je déclare aussi qu'aux douleurs vives et intenses que cette maladie faisait
» éprouver à Mme Duparc, extrêmement impressionnable, venaient se joindre,
» par fois, un trouble profond et une exaltation qui allait quelquefois jusqu'au
» délire, et qui paraissait, sinon produite, du moins fortement augmentée
» par les émotions pénibles et bien douloureuses qu'avait occasionnées à la
» malade la perte de son fils unique.

» Fait à Paris, le 30 décembre 1844.

» Signé : Le docteur Menville,
» rue St-Honoré, 370. »

Votre Majesté peut maintenant juger dans quel état de corps et
d'esprit se trouvait Mme Duparc. Assez sur ce point.

V §. Héritiers de Mme Duparc.

—

L'un des exposants, M. Jacques-Louis Aubry, est frère de Mme Duparc.

M. Aubry est né le 30 octobre 1774; il a donc aujourd'hui plus de 71 ans.

M. Aubry était soldat à 16 ans, capitaine de grenadiers avant 20 ans : retiré du service à 21 ans, par suite de blessures graves, il entreprit la profession de cultivateur.

Tout le monde sait qu'en agriculture (sauf l'augmentation du prix des terres qui s'est faite sentir depuis un demi sciècle), on ne fait pas fortune; beaucoup de peines et de soins, peu de résultats, tel est en général le sort de l'agriculteur; si M. Aubry, après une longue carrière, est parvenu à posséder une fortune dont nous mettrons le montant sous les yeux de Votre Majesté, c'est à l'aide de *dures privations*.

M. Aubry a deux filles, l'aînée, Mlle Joséphine Aubry, est veuve de M. Desplaces; Mme veuve Desplaces possède 4 à 5,000 fr. de rente.

Mme Desplaces a une fille mariée à M. Benier, juge suppléant au tribunal de Loches ; M. et Mme Benier ont un fils de 5 ans.

La seconde fille de M. Aubry, Mlle Eugénie, est mariée à M. Lesourd, rentier, demeurant à Loches ; M. et Mme Lesourd ont une fille de 11 ans.

M. Aubry était propriétaire d'un domaine appelé de la Borde; il l'a vendu pour établir ses filles; le prix a été de 300,000 fr., sur lesquels il a donné 75,000 fr. à chacune de ses filles, le surplus lui rapporte, à 4 p. o/°, 6,000 fr. M. Aubry a donc en ce moment 6,000 fr. de rentes.

M. Aubry et sa famille ne sont pas sans doute dans le besoin, mais il y a très loin de leur fortune à l'opulence. Ils possèdent de quoi vivre, en province, avec économie et sans luxe, de quelque nature qu'il soit. Il peut survenir de nouveaux enfants, et alors la position de la famille Aubry serait loin d'être même médiocre.

Nous ne sachions pas d'ailleurs qu'il faille qu'un héritier soit *dans la misère*, pour qu'on écoute ses réclamations.

Nous n'en dirons pas davantage sur ce qui concerne M. Aubry et ses enfants.

Mme veuve Ardiet, héritière par moitié de Mme Duparc, est née en 1801.

Mme veuve Ardiet a été et elle est encore dans une véritable gêne, et sa position est des plus intéressantes.

Aussi a-t-on vivement contredit qu'elle fût en effet dans le besoin. Il faut voir à cet égard la délibération du conseil municipal de Bourg, du 25 février 1845, et celle du conseil municipal de Méximieux, du 4 mai 1845.

Il n'est pas inutile de faire connaître ici quelques mots du rapport qui précède cette dernière délibération.

« Il est difficile de croire à la grande détresse que Mme Ardiet, nièce » de Mme Duparc, affiche dans le mémoire, car on assure qu'elle a fait donner » à sa fille une brillante éducation dans une pension d'un prix fort élevé ; » et d'un autre côté, elle fait exploiter par des mains salariées le bureau de » tabac dont elle est titulaire, elle tient à Lyon, outre son bureau de tabac, » un appartement qui lui est à peu près inutile, puisque elle réside habi- » tuellement à Courlans, près de Lons-le-Saulnier. Toutes ces circonstances ne » décèlent pas une grande détresse.

« Ses revenus se composent du bureau de tabac que l'on dit très lucratif, et

» des revenus d'une propriété qui lui a été cédée par sa mère, dont elle
» recueillera un jour tous les autres biens. »

Votre Majesté va juger de la vérité des faits contenus dans le passage
que nous venons de rapporter.

Mme veuve Ardiet est fille du lieutenant général Aubry, frère de Mme
Duparc, tué à Leipsik, en 1813, laissant sa femme et deux enfants, un fils,
mort depuis, et une fille, Mme veuve Ardiet, sans aucune fortune.

La fortune personnelle de Mme Aubry, femme du général, était dé-
truite et presque nulle.

Mme Aubry a acheté un domaine à Cuisiat (département du Jura.)

Cette terre se compose : d'une maison d'habitation et d'une maison de
fermier, de 8 hectares 50 centiares, en terres arables; de 5 hectares, en prés
et vergers ; de 18 ares, en vignes; de 2 hectares, en bois, au total 15
hectares 68 ares.

En évaluant ce domaine de 45 à 50,000 fr. on est bien certainement
au-dessus de la réalité.

Mme Aubry ne possède pas d'autres immeubles ; elle ne possède également aucuns capitaux, mais, comme veuve d'officier, elle reçoit une
pension, qui s'éteindra avec elle.

En 1824, Mlle Aubry épousa M. Ardiet; voici ce que nous trouvons
dans l'inventaire dressé en 1853, après le décès de M. Ardiet (1), nous
citons :

» Il appert :

» 1° Que le mobilier soit de ladite communauté soit de la succession de mondit
» sieur Ardiet, décrit en cet acte, s'est élevé à la somme totale de 17,208

---

(1) Acte reçu Jeunet et son collègue, notaires à Lons-le-Saunier, le 18 avril 1844.

» fr. 08 c. non compris la valeur de 665 litres 96 centilitres de froment à
» recevoir des sous-fermiers de la terre que le défunt tenait à bail de Mme de
» Reulle, pour prorata de fermages jusqu'au jour de son décès;

» 2º Que le passif de cette communauté s'est élevé à 54,996 fr. 28 c. non
» compris les reprises des deux époux.

Que ces reprises s'élevaient, savoir : Celles de Mme veuve Ardiet à 13,702 fr.
» et celles de la succession de son mari à 1,500 fr. »

Voilà quelle était la fortune de Mme Ardiet, au décès de son mari.... des dettes et la perte de son apport en mariage.

En 1844 (1), il intervient, entre Mme veuve Aubry et sa fille, Mme veuve Ardiet, un règlement des droits qui résultaient pour cette dernière de la succession de son père et de celle de son frère.

Mme Aubry reconnaît devoir à sa fille 50,000 fr. qui porteront un intérêt annuel de 600 fr., et pour lesquels elle donne hypothèque sur son domaine de Cuisiat. Mais, avant l'hypothèque consentie en faveur de Mme Ardiet, il en existe plusieurs autres. Nous voyons dans l'état d'inscriptions (2) :

1º Une hypothèque de 10,000 fr. au profit de Mme de Savignac ;

2º Une de 7,000 fr., au profit de M. Mallet-Guy ;

5º Une trosième de 4,000 fr., au profit de M. Demossand ;

Au total 21,000 fr.

Il résulte de là que Mme veuve Ardiet, si la terre n'est vendue que 45 ou 50,000 fr., ne retirera pas intégralement les 50,000 fr. qui lui sont dus par sa mère.

Si, ce qui n'est pas à supposer, la terre venait à être vendue plus de 50,000 fr. Mme Ardiet ne retirerait rien au delà des 50,000 fr., parce

_____

(1) Acte dressé par Mᵉ Jeunet et son collègue, notaires à Lons-le-Saulnier, le 8 avril 1833.
(2) État d'inscriptions sur Mᵐᵉ veuve Aubry délivré le 18 février 1845.

qu'il est malheureusement certain que Mme Aubry a complètement absorbé, d'avance, la partie du prix qui pourrait se trouver libre, et que
sa succession sera très-obérée.

Nous avons dit que Mme veuve Ardiet avait une fille, laquelle aujourd'hui est âgée de 19 ans. Mlle Ardiet a été gravement malade. Sa mère,
en outre des dépenses obligées d'éducation, s'est vue dans l'impérieuse
nécessité, pour sauver son enfant, de la placer dans une maison de santé
à Lyon ; c'est ce qu'on appelle une pension d'un prix fort élevé ;
Mme veuve Ardiet a contracté, envers le propriétaire de la maison de
santé, une dette de 6,000 fr. dont elle paie les intérêts à 6 p. $^0/_0$.

· Il est vrai que Mme veuve Ardiet a obtenu un bureau de tabac ; d'a-
bord, ce fait seul indique que Mme veuve Ardiet était dans une position
de fortune des plus précaires, ensuite, que rapporte ce bureau de tabac ?
1,000 fr. environ.

Est-ce là une fortune pour Mme veuve Ardiet ? est-ce là un avenir
pour sa fille ?

On n'oserait le prétendre.

Ainsi Mme veuve Ardiet possède, pour toute fortune, 600 fr. dus par
sa mère, qui ne sont pas très-exactement payés, et 1,000 fr., produit du
bureau de tabac.

C'est là, assûrément, une position voisine de l'indigence, et il est
à peine concevable qu'on ait pu élever des doutes à cet égard.

Si donc, pour réclamer contre les libéralités excessives de Mme Duparc,
il faut que ses héritiers soient dans le besoin, Mme veuve Ardiet remplit
rigoureusement cette condition.

Votre Majesté peut maintenant voir ce qu'il y a de vrai dans cette fortune
qui appartient ou appartiendra à Mme veuve Ardiet.

Il a été, au surplus, reconnu dans l'instruction combien on avait exagéré
la fortune des héritiers de Mme Duparc.

Ainsi, M. le préfet de l'Ain dit (1) :

« Considérant qu'il résulte des renseignements que nous avons recueillis, que
» la fortune des héritiers de Mme Duparc n'est pas aussi prospère qu'on
» avait pu le croire. »

Le conseil général de l'Ain (2) constate également que les héritiers
Duparc sont loin de l'opulence qu'on leur avait si gratuitement attribuée.

Arrêtons-nous ici.

Nous pensons en avoir assez dit sur ce point, pour édifier la justice
impartiale de Votre Majesté.

---

(1) Arrêté préfectoral du 18 novembre 1845. (Donation de la ville de Bourg).
(2) Délibération du 29 avril 1845. (Donation au département de l'Ain).

VI §. Relations de M⁰ᵉ Duparc avec sa famille.

—

Les relations de Mme Duparc avec son frère, M. Aubry, ont toujours été excellentes, c'est un fait que personne n'a songé à révoquer en doute; nous ne pouvons donc insister.

Le seul motif que Mme Duparc ait indiqué, pour justifier par avance l'hexérédation qu'elle faisait peser sur son frère, a été que M. Aubry et sa famille étaient dans l'opulence.

Votre Majesté a vu ce qu'il en est, aucun motif ne pouvait être assurément moins fondé.

En ce qui concerne les relations de Mme Duparc avec sa nièce, Mme veuve Ardiet, il est vrai qu'il existait de la froideur, qui avait même été précédée d'une certaine irritation, mais il faut ajouter que cette froideur n'avait pas sa source dans des actes personnels à Mme veuve Ardiet.

Voici les faits :

Comme nous l'avons vu le général Aubry était mort, laissant une veuve et deux enfants sans fortune.

Il fut convenu que Mme veuve Aubry et son fils viendraient habiter chez Mme Duparc, aînée de la famille Aubry, que M. Aubry se chargerait de Mlle Aubry, depuis, Mme veuve Ardiet, sa nièce. M. Aubry fils alla en effet chez sa tante, et Mlle Aubry se rendit chez son oncle.

A quelque temps de là Mme Aubry voulut faire entrer sa fille à la maison royale de Saint-Denis; Mme Duparc improuva fortement ce projet, néanmoins il fut mis à exécution, ce qui apporta un commencement de froideur entre les deux belles-sœurs.

Mme veuve Aubry, qui était jeune, elle avait 27 ou 28 ans, craignant,
sans doute, l'humeur déjà impérieuse de sa belle-sœur, beaucoup plus
âgée, refusa définitivement d'aller habiter avec elle, après avoir toutefois,
ce fut son tort, dit, pendant près de deux ans, qu'elle allait arriver
d'un jour à l'autre

Mme Duparc qui, dans la prévision de cette vie commune, avait fait
des achats de mobilier et loué une maison importante à Grenoble, fut
vivement contrariée, elle ne savait l'être autrement, de la nouvelle
détermination de sa belle-sœur. Cependant les relations ne cessèrent pas,
et M. Aubry fils resta toujours chez sa tante.

Enfin Mme Aubry ayant marié sa fille à M. Ardiet, contre le vœu de
Mme Duparc, qui trouvait ce mariage au-dessous de la famille Aubry,
la brouille devint complette et le fils de Mme Aubry dut sortir de chez
sa tante. M. Aubry fils ne pouvait être soutenu par sa mère; son oncle,
M. Louis Aubry, s'en chargea, comme il l'avait fait à l'égard de sa
nièce.

Votre Majesté le voit, aucune cause imputable à Mme veuve Ardiet n'a
donné lieu à l'irritation de Mme Duparc contre la branche de cette
famille à laquelle elle appartenait; Mme Ardiet n'a fait qu'obéir à sa
mère, et, par ce motif, elle a été avec elle enveloppée dans une disgrâce
commune.

C'est donc bien justement et d'une manière heureuse, que M Aubry
a dit, dans l'une de ses lettres, que Mme Duparc n'avait pas d'autre
motif pour frapper sa nièce que le malheur même de la position de
celle-ci.

Nous n'en dirons pas davantage sur ce point.

Venons maintenant à la deuxième partie de notre mémoire.

DEUXIÈME PARTIE.

—

La première libéralité de Mme Duparc a été, à la date du 28 mars 1857, en faveur de la ville de Méximieux; cette libéralité avait pour objet la création d'une fontaine publique (1).

Les 10,000 fr., montant de cette donation, ont été payés du vivant de Mme Duparc; c'est un fait accompli.

Une seconde libéralité, également de 10,000 fr., a été faite par Mme Duparc, le 5 septembre 1840, pour completer, est-il dit dans le codicille, 20,000 fr. que la testatrice juge indispensables à la construction de la fontaine (2).

Dans une première délibération (3), le conseil municipal de Méximieux autorise le maire de ladite ville :

1° A accepter provisoirement le legs de 10,000 fr.;

2° A poursuivre l'autorisation d'accepter définitivement ledit legs;

3° A réclamer des héritiers de Mme Duparc la livraison d'une statue de saint Jean-Baptiste, faite par M. Barre, sculpteur, et destinée par Mme Duparc à être mise sur la fontaine construite avec ses deniers.

Mais dans une deuxième délibération (4), le conseil municipal déclare

---

(1) Voir à l'appendice n° 1er.
(2) Voir le texte du codicille à l'app. n° 2.
(3) 5 janvier 1845.
(4 4 mai 1845.

que la fontaine a coûté **12,521** fr.; par suite, modifiant la première délibération, il est d'avis que le maire doit demander que la ville soit autorisée à accepter le legs de **10,000** fr. jusqu'à concurrence de **2,521** fr., lesquels avec les **10,000** fr. versés par Mme Duparc, forment le prix total des travaux de la fontaine.

M. le maire de Méximieux (1), dans un avis particulier, M. le sous préfet de Trévoux (2), et M. le préfet de l'Ain (3), ont été d'avis que la ville de Méximieux devait être autorisée à accepter, dans les limites fixées par le conseil municipal, le legs fait en sa faveur.

Comme le voit Votre Majesté, il ne s'agit entre la commune de Méximieux et les héritiers de Mme Duparc, que d'une somme de **2,521** fr. et d'une statue de **5,500** fr.

En ce qui concerne le dernier point, les héritiers Duparc ont déjà fait connaître (4) qu'ils étaient prêts à remettre la statue dont s'agit: ils le répètent ici et en font une nouvelle offre.

En ce qui concerne les **2,521** fr., on dit, pour la ville de Méximieux :

1° Que s'il est vrai que la fontaine ait d'abord été adjugée pour **8,184** fr. **65** c., elle a coûté en définitive **12,521** fr. ;

2° Que Mme Duparc ayant voulu donner pour cette fontaine **20,000** fr., et la ville de Méximieux se réduisant à **12,521** fr., les héritiers n'étaient pas fondés à se plaindre;

3° Enfin, que la ville de Méximieux ne pourrait supporter, sans s'obérer, les **2,521** fr.

---

(1) Lettre du 4 juin 1845.
(2) Lettre du 7 juin 1845.
(3) Lettre du 18 novembre 1845.
(4) Lettre de M. Aubry du 29 novembre 1845.

Il est imposssible aux héritiers de Mme Duparc de s'assurer si la fontaine a coûté 8,184 fr. ou 12,521 fr., et dans le cas où elle aurait réellement coûté 12,521 fr., si la commune ne peut payer les 2,521 fr., il est cependant difficile de penser que la commune de Méximieux, quelque pauvre qu'elle soit, ne puisse payer cette modique somme.

Elle le doit, car Mme Duparc a donné 10,000 fr., ses héritiers ajoutent 5,500 fr., et assurément la commune n'aura pas à se plaindre lorsqu'elle possèdera une valeur de 18,021 fr, qui ne lui aura coûté que 2,521 fr.

En ce qui concerne les intentions de Mme Duparc, il résulte de sa correspondance que plus d'une fois elle a témoigné le regret d'avoir fait la donation du 28 mars 1857, et quant au legs supplémentaire, on pourrait présenter contre cette libéralité les considérations générales qui s'appliquent à l'ensemble des dispositions de Mme Duparc.

II §. Libéralités en faveur de la commune de Charnoz.

—

Mme Duparc a donné, le 25 août 1857, à la commune Charnoz, quatre pièces de terre (évaluées depuis 12,000 fr.). (1).

Le but de cette libéralité est d'assurer l'entretien des tombes de famille, le paiement de services religieux à faire à des époques déterminées, et enfin de procurer à cinq familles de cultivateurs un certain revenu.

Les conditions imposées à la libéralité sont bizarres, elles sont impraticables ; les voici :

Il sera formé des terres données, cinq lots égaux, qui devront, à perpétuité, demeurer dans leur première composition ;

Ces cinq lots seront remis en jouissance à chacun des cinq plus vieux chefs de famille, soit homme, soit veuve, au choix du conseil municipal. Chaque lot devra être cultivé par son possesseur jusqu'à son décès ; il devra être entouré de haies vives, taillées carrément au ciseau, etc.

Chaque possesseur ne pourra employer à la culture que ses enfants ou descendants. Dans l'impossibilité d'agir ainsi, il pourra faire cultiver à moitié fruits, avec une permisssion du conseil municipal :

Le possesseur ne pourra affermer à prix d'argent ;

Les lots ne pourront être donnés à des chefs de famille qui cultiveraient, à titre de ferme, des terres ne leur appartenant pas :

Le possesseur ne pourra prendre aucune terre à ferme ;

Le possesseur qui ne jouira pas en bon père de famille sera soumis à une indemnité fixée par le conseil municipal.

_____

(1) Voir à l'appendice n° 2 le texte du testament.

Toute famille n'ayant pas **25** ans de résidence dans la commune ne pourra être admise à posséder un des lots.

Nous ne rapporterons pas ici diverses conditions sur l'admission aux lots, sur la perte du droit aux lots, sur le mode d'exécution, etc., etc. On peut les voir au testament.

Enfin Mme Duparc dispose ainsi :

« Les récoltes desdits immeubles sont insaisissables pour toute autre dette » que la contribution et le contingent des frais consacrés à l'entretien des » monument et aux messes et prières.

» Le contingent des messes et prières du prône, à perpétuité, sera du » sixième du revenu de chaque lot, prix de culture prélevé, le contingent » sera porté et déposé chez le desservant, à moins que celui-ci ne préfère » lever lui-même sa part de récoltes sur le terrain. »

Mme Duparc, dans un codicile du **5** septembre **1840** (1), a encore donné à la commune de Charnoz une somme de **25,000** fr., à la condition :

1° De construire une mairie (Mme Duparc indique en détail, la construction de cette maison) ;

2° De faire l'acquisition d'un terrain pour un cimetière ;

3° D'adapter une main courante et une rampe en fer sur un escalier du cimetière actuel ;

4° D'employer le surplus des **25,000** fr. à creuser un puit artésien.

5° Enfin, en cas d'excédant, de construire un four banal et une fontaine.

Mme Duparc, par un nouveau codicille, a donné le **30** mai **1842**, (2) à

(1) Voir le texte du codicille à l'appendice n° 3.
(2) Voir le texte du codicille à l'appendice n° 4.

M. de Montherot la somme de 25,000 fr., sur lesquels 4,000 fr. sont destinés au sieur Milliat fils, (1) le surplus (21,000 f.) est affecté précisément aux mêmes usages que la somme de 25,000 fr. donnés par le codicille du 5 septembre 1840, dont nous avons, il y a un instant, analysé les dispositions.

Occupons-nous d'abord du legs des terres.

Une impossibilité matérielle d'exécution sous plusieurs rapports, une impossibilité légale, en ce que l'une des conditions fondamentales est contraire aux lois (la dîme du 6e du produit), frappe immédiatement à la lecture des conditions mises par Mme Duparc, au legs des terres de Charnoz.

Cela est si palpable que voici la première délibération que prend le conseil municipal de la commune de Charnoz. (2)

« Le Conseil, considérant :

» 1º Que l'acceptation pleine et entière dudit testament entraînerait la commune à des frais considérables, par les droits de mutation qu'elle aurait à acquitter pour les terrains légués à la commune de Charnoz par ce testament.

» 2º Que l'exécution des clauses relatives au partage des terrains entre cinq vieillards, présenterait de nombreuses difficultés d'exécution, exigerait une surveillance continuelle de la part de l'autorité municipale, et pourrait dans l'avenir exposer la commune à des réclamations de la part des héritiers de Mme Duparc de Peigné, ou des héritiers de ceux-ci pour la non-exécution de telle de ces clauses que la testatrice déclare vouloir établir à perpétuité.

» 3º Qu'il serait plus avantageux à la commune de n'obtenir qu'une part du

_____

(1) Ce legs de 4,000 fr. étant une libéralité à un particulier ne pouvait donner ici lieu à aucune discussion; il sera d'ailleurs payé par les héritiers Duparc. Nous avons dû, toutefois, le faire figurer dans ce mémoire, parce qu'il entre dans nos appréciations diverses, nous ne nous en occuperons que sous ce point de vue.

(2) 20 janvier 1845.

» legs destiné à l'entretien des tombes de la famille Duparc et à des services
» funéraires, plutôt que de prélever le sixième des récoltes sur chacun des cinq
» lots.

» 4° Que dans ce moment, et peut-être par la suite, on ne pourrait pas dési-
» gner cinq vieillards qui se trouvassent dans les conditions voulues par la testa-
» trice et consentant ou capables de remplir toutes ces conditions.

» Le Conseil a délibéré à l'unanimité que le maire recevrait de lui la
» mission de chercher à entrer en arrangement avec les héritiers, à obtenir
» d'eux les conditions les plus favorables, s'engageant à ratifier les conventions
» accordées entre les héritiers et le maire. »

Et c'est avec raison que le conseil municipal délibérait ainsi, car
évidemment, les intentions de Mme Duparc ne peuvent être remplies
dans leur intégralité.

Dans une nouvelle délibération (1) du conseil municipal de Charnoz,
on lit :

» 5° Relativement au testament du 23 août 1837, considérant que l'in-
» tention de la testatrice ayant été de léguer à la commune seulement le
» sixième des revenus des terres à cultiver par cinq vieillards, que cette
» mission ayant été jugée inexécutable et les conditions onéreuses à la com-
» mune, le conseil, par sa délibération du 20 janvier 1845, a proposé la non-
» acceptation de la plus forte partie de cette libéralité, il juge qu'il doit se con-
» tenter du sixième de la valeur de ces terrains. L'évaluation par experts la
» porte au chiffre de 12,000 fr. — *Le conseil demande à être autorisé à recevoir*
» *seulement 2,000 fr.* sur ledit legs, desquels les intérêts seront employés à
» l'entretien des tombes et à des services religieux. »

C'est donc une somme de 2,000 fr. que la commune de Charnoz
demande au lieu des terres léguées elles-mêmes, et les intérêts de
cette somme seraient employés à l'entretien des tombes de famille.

Aucune discussion ne paraîtrait devoir s'élever sur ce point, car

---

(1) Du 18 mars 1845.

les héritiers de Mme Duparc offrent à la commune de Charnoz, ainsi que Votre Majesté le verra plus bas, une somme de beaucoup supérieure à 2,000 fr. et par là ils assurent, comme c'est leur devoir, l'entretien des tombes de famille.

Voici cependant l'avis qui a été donné par M. le préfet de l'Ain (1), en ce qui concerne le legs des terres de Charnoz.

« Considérant, quant au testament du 23 août 1837, que le legs qu'il » constitue est surtout recommandable par son caractère particulier de bien- » faisance, et que loin d'en abandonner la plus forte portion, suivant l'avis » du conseil municipal, c'est le cas de proposer l'acceptation de la totalité des » immeubles légués; — Qu'il faut reconnaître néanmoins avec le conseil muni- » cipal de Charnoz, que les clauses du testament seraient inexécutables dans » plusieurs cas;

» Que la faculté accordée au desservant de prélever pour lui-même sur le » terrain le sixième des récoltes pour assurer les services pieux fondés par la » testatrice, serait la reproduction de l'ancienne dîme, aujourd'hui contraire à » nos mœurs comme à nos lois,

» Considérant que la pensée dominante de Mme Duparc a été de faire du » bien aux pauvres de Charnoz par l'institution du legs dont il s'agit; que » ce sera remplir ses intentions bienfaisantes en créant dans ladite commune » un bureau de bienfaisance pour administrer les biens par elle légués, con- » formément aux lois qui régissent les établissements charitables, sauf à prélever » le sixième du revenu pour assurer les services pieux et l'entretien du » tombeau de la famille de la testatrice. »

« Par ces motifs sommes d'avis :

« Qu'il y a lieu d'autoriser la commune de Charnoz à accepter : 1° Les immeu- » bles à elle légués par Mme Duparc de Peigné, suivant son testament » olographe du 23 août 1837, lesquels immeubles seront remis au bureau » de bienfaisance qui sera établi dans cette commune, et qui les administrera

---

(1) Du 18 novembre 1845.

« comme biens des pauvres, sauf prélèvement du sixième du revenu pour
» assurer les services pieux et l'entretien du tombeau de la famille de la
» testatrice. »

Ainsi M. le préfet, qui reconnaît lui-même *l'impossibilité d'exécuter*
ce qu'a voulu Mme Duparc, *l'illégalité* d'une disposition fondamentale de
son legs, propose de changer l'exécution entière, de créer un *légataire*
chargé de distribuer à *d'autres personnes* que celles *désignées*, les dons
de Mme Duparc ;

Cela est-il possible ?

L'article 900 du code civil porte :

« Dans toute disposition entre vifs ou testamentaire, les conditions impos-
» sibles, celles qui seront contraires aux lois ou aux mœurs, seront réputées
» non écrites. »

Dans la disposition testamentaire dont s'agit, tout doit être réputé
non écrit, sauf l'entretien des tombes, par conséquent tout ce qui n'est
pas nécessaire à cet entretien est caduc, et on ne peut l'employer à
aucun autre usage ; or, la commune de Charnoz déclare que l'intérêt
de 2,000 fr. est suffisant pour cet objet.

Qu'est-il besoin de créer un bureau de bienfaisance pour surveiller
l'emploi annuel de 100 fr. ?

L'avis de M. le préfet ne peut donc, sur ce point, être pris en considération par Votre Majesté.

Tout ceci nous paraît si évident que nous n'insisterons pas davantage.

Venons aux autres libéralités faites par Mme Duparc, en faveur de la
commune de Charnoz.

En ce qui concerne la libéralité de **25,000** fr., en date du 5 septembre 1840, tout le monde est d'accord pour reconnaître qu'elle a été

révoquée par le codicille du 30 mai 1842 (1). Nous n'avons donc qu'à nous occuper de ce dernier codicille.

Et d'abord signalons une singulière erreur commise par le comité consultatif des établissements publics de l'arrondissement de Trévoux

On lit dans l'avis émis par ce comité (2) :

» Il est facile de voir que le dernier codicille (celui du 30 mai 1842) a été » fait dans l'intention de paralyser les démarches que pourraient faire les » héritiers de droit, pour empêcher une autorisation et pour échapper à la » censure de l'administration.

» M. de Montherot n'a nullement besoin de l'autorisation administrative » pour agir ; il doit former sa demande en relâche des 25,000 fr. contre les » héritiers de droit, d'après les articles 1,006, 1,011 et 1,014 du Code civil, » lorsqu'il sera nanti de la somme en question et qu'il aura exécuté les inten- » tions de la testatrice ; alors la commune demandera l'autorisation d'accepter » le cimetière, la maison commune et autres objets. »

Les articles 1006, 1011, 1014 du Code civil n'ont rien à faire ici ; il a été reconnu par M. de Montherot, et par tout le monde, par le comité consultatif lui-même, (3) que M. de Montherot n'était qu'un fidei-commissaire, un exécuteur testamentaire partiel, un mandataire, post mortem (articles 1025, 1033 du Code civil).

Or, pour M. de Montherot, l'obligation d'exécuter son mandat et le droit de réclamer aux héritiers la remise du legs, sont indivisibles.

---

(1) On peut voir à cet égard la délibération du conseil municipal de Méximieux, du 18 fé- vrier 1845 ; l'avis du comité consultatif des établissements publics de l'arrondissement de Trévoux, en date du 2 mars 1845 ; l'avis de M. le sous-préfet de Trévoux, du 9 mai 1845. celui de M. le préfet de l'Ain, en date du 18 novembre 1845.

(2) Du 2 mai 1845.

(3) Voir délibération du conseil municipal de Charnoz, du 18 février 1845 ; lettre de M. de Montherot, etc., etc.

Si donc l'exécution du mandat devient impossible, le legs est caduc.

Le legs peut devenir caduc, au cas où Votre Majesté refuserait à la commune de Charnoz l'autorisation d'accepter.

C'est donc une erreur singulière, nous le répétons, qui a été commise par le comité consultatif.

Le comité consultatif s'est encore trompé en pensant que Mme Duparc, qui donnait un fidei-commis à M. de Montherot, avait voulu, en agissant ainsi, échapper à la censure royale; non, le motif de la conduite de Mme Duparc a été, tout simplement, de retirer à M. le maire de Méximieux, avec lequel elle avait eu des difficultés, la qualité d'exécuteur testamentaire, que lui avait; conférée le codicille du 5 septembre 1840.

Le conseil municipal de Charnoz a délibéré (1) qu'il y avait lieu, par la commune, de solliciter l'autorisation d'accepter le legs de 21,000 f.

M. le sous-préfet de Trévoux a été d'avis (2) que la commune devait être autorisée à accepter le legs dans son intégralité.

M. le préfet de l'Ain (3) a donné un avis d'une excessive importance; le voici textuellement :

« Considérant que le conseil municipal de Charnoz a eu pour *intention de*
» *consentir en faveur des héritiers une réduction de* 10,000 *fr.* sur la totalité
» des legs faits à cette commune; que telle a été aussi sans nul doute la
» pensée de M. de Montherot, légataire et maire de Charnoz, qui a pris part
» aux délibérations du conseil municipal, et qui ne saurait ni ne voudrait pro-
» fiter de la faculté que la loi donnerait d'exiger l'intégralité du legs de
» 25,000 fr. ; que cette réduction est dictée par un sentiment d'équité à

---

(1) 18 février 1845, 18 mars suivant.
(2) 9 mai 1845.
(3) 18 novembre 1845.

» l'égard des héritiers dont la *position de fortune* paraît *moins favorable*
» qu'on avait pu le croire jusqu'ici. — Considérant qu'une somme inférieure à
» 21,000 fr. suffira d'ailleurs pour doter la commune de Charnoz des éta-
» blissements désignés par la testatrice et en rapport avec l'importance de
» cette commune ;

  » Par ces motifs, sommes d'avis d'autoriser la commune de Charnoz : A
» accepter en ce qui la concerne et jusqu'à concurrence de 11,000 fr., le
» legs résultant en sa faveur du codicille du 30 mai 1842, et sauf la somme
» de 4,000 fr. qui doit être comptée au sieur François Milliat ; le tout aux
» clauses et conditions dudit codicille. »

Ainsi M. le préfet constate qu'une somme de 11,000 fr. suffira pour
doter la commune de Charnoz des établissements désignés par
Mme Duparc ;

Que l'équité s'oppose à ce que cette commune reçoive une somme
plus élevée.

En combinant cet avis avec les demandes de la commune, on
voit :

1° Que la commune se réduit sur le legs des terres
à une somme en argent de... ....   2,000 f. »» c.

2° Qu'elle n'a besoin sur le legs de 21,000 fr. que
d'une somme de............................   11,000 »»

                   Total... · ... .   13,000 »»

Or, les héritiers Duparc ont offert (1) et offrent
encore à la commune de Charnoz...· ....   10,000 »»

Différence entre les demandes et les offres........   3,000 »»

---

(1) Mémoire du 1er février 1845, lettre du 29 novembre suivant.

Il est vrai que la commune de Charnoz (1) sollicite l'autorisation d'accepter, dans son intégralité, le legs de 21,000 fr., mais Votre Majesté n'accédera pas à cette demande, qui n'est fondée sur aucun motif, du moment qu'il est reconnu que la commune de Charnoz pourrait, avec 11,000 fr., exécuter toutes les volontés de Mme Duparc ; or, ce fait ne peut être sérieusement contesté après l'avis de M. le préfet de l'Ain. Il ne peut donc s'agir ici que de la différence de 3,000 fr.

Cette différence est minime assurément, mais elle nous paraît devoir être tranchée en faveur des héritiers de Mme Duparc.

En effet, sur la somme de 10,000 fr., les intérêts annuels de celle de 2,000 fr. étant employés à l'entretien des tombes de famille, il restera entièrement libre en capital, la somme de 8,000 fr.

Or, d'une part, la construction d'une mairie, dans les dimensions indiquées par Mme Duparc, n'est rien moins que nécessaire, pour une population de 312 âmes environ, réunie en soixante-douze feux, lesquels sont disséminés sur une étendue de plus de deux kilomètres carrés.

D'autre part, le déplacement du cimetière n'offre aucune utilité, la place qu'il occupe actuellement ne pouvant porter aucune atteinte à la salubrité publique.

Quant aux autres destinations indiquées par Mme Duparc, elles sont, pour la plupart, ou inutiles, ou impraticables.

Quoi qu'il en soit, la commune de Charnoz disposera comme elle l'entendra des 8,000 fr. qui seront libres sur la somme de 10,000 fr. dont la délivrance est consentie par les héritiers Duparc.

---

(1) Délibération du 10 mars 1845.

III §. Libéralités en faveur du département de l'Ain.

Le 11 juillet 1844, Mme Duparc a donné au département de l'Ain deux rentes sur l'état, dont le capital est évalué environ 40,000 fr.

Cette donation a pour but d'assurer des pensions aux veuves de militaires d'une catégorie désignée (1).

Voici l'analyse de cette donation :

A partir du décès de la donatrice, les arrérages des rentes données doivent être annuellement employés, par le préfet de l'Ain, avec le concours d'un Conseil, à la création de pensions ou rentes viagères au maximum de 400 fr. et au minimum de 100 fr. en faveur des femmes malheureuses, choisies parmi les veuves sans fortune, ou dans un état de gêne, laissées par des sous-lieutenants, lieutenants ou capitaines des armées françaises qui, ayant pris naissance dans le département de l'Ain, seront morts en activité de service.

Suivent diverses conditions :

On préférera les veuves dont les maris seraient morts sans droits à la pension ;

Les rentes seront incessibles et insaisissables ;

On exclura les veuves d'officiers supérieurs ;

Celles qui convoleraient à de nouvelles noces ;

Celles qui, nées à l'étranger, quitteraient la France après le décès de leur mari ;

Celles contre qui le mari aurait obtenu un jugement de séparation de corps ;

---

(1) Voir à l'appendice n° 5 le texte de la donation entre-vifs.

Celles qui seraient reconnues être de mauvaises mœurs.

Vient ensuite la constitution du conseil spécial, sur l'avis duquel les pensions devront être accordées.

Enfin, la testatrice dispose que chaque année le conseil général du dé - partement de l'Ain devra se faire rendre compte de l'emploi des arrérages de rentes.

Par le même acte, M. le préfet de l'Ain a accepté à titre conservatoire (1), au nom du département, la donation faite par Mme Duparc ; cette dame est décédée avant que l'autoritation d'accepter ait été accordée.

Dans sa session de 1845, le conseil général de l'Ain a été saisi de la question de savoir s'il y avait lieu par le département à demander l'autorisation d'accepter ; M. le préfet, dans son rapport (2), est d'avis de l'affirmative ; le conseil général (3) a adopté cette opinion.

Les exposants demandent à Votre Majesté qu'il lui plaise refuser l'autorisation dont il s'agit.

Voici les raisons qu'ils invoquent :

1° Le département de l'Ain est sans qualité pour recevoir la donation de Mme Duparc ;

2° La donation *en elle-même* est inexécutable ;

3° La donation, fût-elle exécutable en elle-même, soulèverait, dans les dispositions de détail, les plus graves difficultés.

I. Défaut de qualité.

S'il est incontestable qu'un département, comme tout autre établissement

---

(1) En vertu de l'article 37 de la loi du 10 mai 1838.
(2) Ce rapport ne porte pas de date.
(3) Délibération du 29 août 1845.

public, peut recevoir une donation ou un legs, il est à faire, sur la nature de la libéralité, une distinction capitale.

Chaque établissement, *cela est d'ordre public*, doit se conformer à la loi de son institution, et se mouvoir dans la sphère qui lui est propre. (1)

Si cette règle n'était pas maintenue avec la plus grande attention, par le pouvoir suprême, on verrait naître les plus étranges abus.

Un séminaire deviendrait un hospice, un hospice se changerait en maison d'éducation, en mont-de-piété; on verrait une fabrique donner l'instruction aux pauvres, etc., etc En sorte que chaque établissement public ou charitable pourrait, par la simple volonté d'un donateur ou d'un testateur, volonté plus honorable qu'éclairée, sortir de sa propre institution pour empiéter sur des fonctions sociales qui ne leur sont pas confiées.

L'administration supérieure a donc professé et reconnu que chaque établissement public doit rester dans la sphère de son action légale. sphère déterminée par les lois et règlements.

Nous trouvons, entre autres documents sur cette matière, un avis du Conseil d'État, en date du 12 avril 1837, lequel avis est ainsi conçu :

« Considérant que les fabriques n'ont été reconnues comme établissements
» publics, et autorisés à recevoir et à posséder que dans l'intérêt de la célébra-
» tion du culte et dans les limites des services qui leur sont confiés à cet égard ;
« que les fabriques ne peuvent, en dehors de ces limites, invoquer une qualité
» d'établissements publics pour recevoir des donations, à l'effet d'établir des
» écoles ou former toutes autres entreprises étrangères à leurs attributions. (1)»

Cet avis ne fait que déclarer un principe général qui régit tous les établissements publics; c'est ce que disent formellement les auteurs du Répertoire des établissements de bienfaisance, en rapportant l'avis ci-dessus; voici leurs paroles :

« Ainsi le testateur ne peut charger que le bureau de bienfaisance, l'hospice
» ou la commune de la distribution d'un legs fait aux pauvres, et la disposi-

---

(1) Durrieu et Roche, Répertoire des établissements de bienfaisance, au mot *Libéralités*.

> « tion par laquelle il en chargerait un *autre établissement public* étant contraire
> « aux lois, serait réputée non écrite (1). »

Lors donc, qu'un département, par exemple, reçoit une libéralité, il faut, pour savoir s'il peut accepter le don, examiner, *avant tout*, quel est l'usage qui doit être fait de la libéralité.

S'agit-il d'un usage qui rentre dans l'exercice même de l'institution départementale?

Donne-t-on à un département pour construire ou réparer des bâtiments qui lui appartiennent, des routes qui sont à sa charge, pour constituer ou augmenter des pensions de retraite à ses employés, pour fonder ou augmenter des prix de courses de chevaux, etc.?

Le département a qualité pour recevoir.

Mais s'agit-il d'un usage qui ne rentre en rien dans l'institution départementale, qui empiète même sur les attributions d'autres établissements publics?

Donne-t-on à un département pour distribuer aux *pauvres* où aux *nécessiteux* d'une ou de plusieurs communes, pour fonder une institution destinée à venir au secours d'indigents de quelque nature que ce soit, appartenant à une localité, pour fonder une école de quelque nature que ce soit, etc.

Alors le département n'a pas qualité pour recevoir :

1° Parce que, d'une part, le département n'est pas un établissement de bienfaisance publique, et que d'autre part les lois des 7 frimaire an 5, 2 avril 1817 et autres confient la gestion des biens des pauvres aux hospices, bureaux de bienfaisance, et, à défaut de ces établissements, aux communes. (2)

---

(1) Durrieu et Roche, *Loco citato suprà*.

(2) Il pourrait cependant y avoir exception, mais il faudrait qu'elle fût spéciale et précise, comme celle relative aux aliénés. L'entretien des aliénés étant déclaré charge départementale, par la loi du 30 juin 1838, il est évident qu'un département a qualité pour accepter un legs fait en faveur des aliénés; cette exception confirme la règle, car le legs dont s'agit est acceptable, *parce qu'il rentre précisément* dans la *sphère* départementale.

2° Parce que le département n'est pas institué pour veiller à l'instruction publique ou particulière, les lois ayant dévolu cette fonction à l'université et aux communes, etc., etc.

Les héritiers Duparc (1) avaient soutenu l'incapacité absolue du département, pour recevoir une donation, en quoi ils avaient certainement tort, mais ils soutenaient aussi l'incapacité de recevoir, relative à la nature de la libéralité, en quoi ils avaient évidemment raison.

Que répond Monsieur le préfet de l'Ain (2)?

« Ces arguments ne demandent point une réfutation sérieuse. Le département est un être moral habile à recevoir les donations qui peuvent lui être faites à charge par lui de remplir les intentions des donateurs. Il ne pouvait être question, dans l'espèce, d'accepter la libéralité de Madame Duparc, au nom d'un établissement qui n'existe pas, dont elle a pris soin de définir la composition et les attributions, et dont la création est nécessairement subordonnée à l'acceptation définitive de la donation.

Que dit également le conseil général de l'Ain (3)?

« Que la donation du 11 juillet 1844 est faite non point à un établissement de bienfaisance qui n'existe pas, et qui, même après l'autorisation d'accepter, ne devra point être organisé, mais expressément au département de l'Ain, dans le budget et dans la comptabilité duquel figureront en recette et en dépense les arrérages des rentes, et que les stipulations de l'acte sont, à cet égard, au-dessus de tout reproche d'obscurité ou d'illégalité. »

Nous le demandons, est-ce là une réponse aux principes que nous venons d'analyser?

Non assurément, et ces principes restent dans toute leur force. Nous pouvons donc conclure, en les appliquant à la libéralité de Madame Duparc, en faveur du département de l'Ain, que cette libéralité étant une fondation charitable envers une *classe déterminée d'indigents*, il ne peut appartenir au département de recevoir la donation de 40,000 francs; que par conséquent, sous ce premier point de vue, l'autorisation ne peut manquer de lui être refusée par V. M.

(1) Mémoire du premier février 1845.
(2) Rapport au Conseil général.
(3) Délibération du 29 août 1845

II. Impossibilité d'exécution.

Assurément, les vues bienfaisantes de Madame Duparc ne peuvent être contestées; mais a-t-elle agi d'une manière bien éclairée?

Madame Duparc veut créer des pensions ou rentes viagères en faveur des femmes malheureuses d'officiers des armées françaises, ayant les grades de sous-lieutenant, lieutenant et capitaine, nés dans le département de l'Ain et morts en activité de service.

D'abord, trouvera-t-on des personnes de la catégorie dont parle la donation.

Ensuite, ces personnes seront-elles en assez grand nombre pour absorber, à la moyenne de 250 fr. chaque, ou même au maximum de 400 fr., les arrérages des deux rentes données?

Il est difficile de résoudre la première question, mais, en tout cas, on peut, sans trop se hasarder, répondre négativement à la seconde.

M. le Préfet de l'Ain, auquel la presque certitude du fait dont s'agit a été signalée (elle se présentait d'ailleurs naturellement à l'esprit), n'a rien dit ou produit qui pût démontrer que l'événement de ce fait n'était pas probable.

Le conseil général de l'Ain a également gardé le silence.

Ce double silence est significatif, on peut en conclure qu'il est à peu près reconnu que la donation de Madame Duparc ne pourra recevoir son exécution, faute de veuves malheureuses d'officiers des armées françaises des grades de sous-lieutenant, lieutenant et capitaine, nés dans le département de l'Ain et morts en activité de service.

Il y a plus, de nombreuses exclusions qui ont été prononcées contre les veuves, ainsi:

Ne peuvent prétendre à la pension:

1° Les veuves remariées;

2° Les veuves contre lesquelles il aurait été prononcé, pour inconduite, une séparation de corps;

3° Celles qui auraient de mauvaises mœurs ;

Sont privées de la pension obtenue :

1° Les veuves qui se remarieraient ;

2° Celles qui, nées à l'étranger, viendraient à quitter le sol français.

De sorte que, le nombre déjà si réduit des veuves accomplissant les conditions principales qui donnent droit à la rente viagère, sera inévitablement annihilé, pour ainsi dire, par l'effet des exceptions.

Il en résultera que la volonté de la donatrice ne pourra recevoir effet.

C'est, par conséquent, avec raison que nous avons dit : que la donation en elle-même, abstraction faite des conditions de détail, était inexécutable. Sous ce nouveau point de vue, il est donc certain que l'autorisation d'accepter ne peut être accordée.

III. Difficultés d'exécution.

Supposons qu'il existe actuellement un certain nombre de veuves remplissant les conditions, que, par suite, la donation étant acceptée, sortira à effet.

Assurément, on ne peut contester qu'il est probable, sinon certain, qu'à une époque ou à une autre, une partie et même la totalité des arrérages des rentes ne pourra être dépensée, faute de sujets ayant les capacités requises.

Dans le cas d'une absence complète de parties prenantes, que deviendra la donation? sera-t-elle révocable ?

Dans le cas d'une absence partielle, à qui appartiendront les arrérages non employés?

Rien, à cet égard, n'a été prévu par la donatrice, l'acte de libéralité est entièrement muet sur ces points importans.

Il nous faut donc les examiner à l'aide des principes de droit commun qui régissent, comme tout autre, la donation du 11 juillet 1844.

1° La donation, en son entier, ne sera pas exécutée.

Toute donation avec charges et *conditions potestatives* peut être révoquée pour inexécution *des charges et des conditions* (Cod. civ., art. 953. Toullier, t. 5, n° 278. Dur., t. 8, n° 537);

Le droit de révocation passe aux héritiers du donateur (Cod. civ., art.724. Dur. Loco citato);

Le donateur et ses héritiers ont trente ans pour exercer l'action, à partir du moment où le donataire a pu et dû exécuter la condition et les charges (Cod. civ. 2257. Delvin., Dur. sur cet article).

Quelle que soit la cause de l'inexécution des conditions, fût-elle même non-personnelle au donataire, la révocation doit être prononcée (arg. de l'art. 953);

Lorsque la donation est avec charges, et que le donateur ne les exécute pas, il doit la restitution des fruits non employés (Toullier. t. 5, n° 343).

Appliquons ces principes à la donation dont s'agit.

Cette donation qui, évidemment, n'est pas une libéralité pure et simple en faveur du département de l'Ain, est une donation avec charges et sous condition potestative.

Donc, du jour où les charges ne seront pas exécutées, du jour où les conditions potestatives cesseront de recevoir effet, il y aura droit à demander la révocation.

Cette action appartiendra aux héritiers de Madame Duparc et ils auront trente ans pour l'exercer.

Tous les fruits non employés leur seront dus.

Ainsi, sous ce point de vue, menace incessante d'une action en révocation contre le département de l'Ain, action infaillible, dès lors que le fait d'absence de parties prenantes se sera réalisé.

Mais ce n'est pas tout, comme il ne peut dépendre du donataire de se créer à lui-même *un fait* pour empêcher la demande en révocation, on ne peut refuser aux héritiers de madame Duparc *le contrôle permanent* de la situation des veuves auxquelles le département croirait devoir accorder des pensions.

Et en effet, d'une part, les arrérages non employés doivent appartenir aux héritiers (ainsi que nous le démontrerons tout-à-l'heure); d'une autre part, en cas de non emploi total, il y a lieu à révocation (comme nous venons de le démontrer) ; or, l'intérêt étant la limite des actions, et les héritiers ayant *un intérêt évident, incontestable* à ce que les arrérages ne soient pas divertis de leur destination, il s'ensuit que les héritiers ont le droit de faire les investigations dont nous venons de parler.

Nouvel embarras pour l'administration départementale, qui sera incessamment gênée par des intérêts que le besoin pourrait rendre très exigeants.

2° *La donation ne sera pas exécutée pour partie.*

Nous avons vu que la donation dont s'agit n'était pas une libéralité pure et simple en faveur du département de l'Ain, il faut ici aller plus loin, et reconnaître qu'en aucun cas, le département ne peut tirer un avantage de la donation.

En effet, il ne se trouve dans cet acte aucune clause qui attribue au département de l'Ain une partie quelconque des arrérages non employés. Lorsque Madame Duparc a voulu, dans le cas où les sommes qu'elle donnait excéderaient l'emploi désigné, favoriser le donataire du surplus, elle n'a pas manqué de le dire ; on peut en voir un exemple frappant dans la donation en faveur de la ville de Bourg (1).

La donation faite au département de l'Ain ne contenant aucune stipulation de ce genre, il s'ensuit donc que le département ne pourra jamais rien s'attribuer sur les arrérages sans emploi.

Ces arrérages ne pourront profiter aux veuves qui recevront une pension maxima de 400 fr., l'art 1044 du Code civil s'y oppose. Ils ne pourront non plus être capitalisés pour augmenter la somme à distribuer ; on

─────────────────

1. Voir à l'appendice n° 6.

ne pourra également les donner à des indigens d'une autre catégorie que celle indiquée; en un mot, ils devront être rigoureusement employés à l'usage prescrit.

Ce que nous venons de dire relativement aux embarras du département. en cas d'absence totale de parties prenantes, s'applique ici; il est inutile de nous répéter.

Restent les héritiers.

Or, il est de principe que la caducité totale ou partielle d'un legs profite à l'héritier; ceci n'est pas susceptible de discussion sérieuse.

Donc, chaque année, le montant des arrérages non employés appartiendra aux héritiers de Madame Duparc.

Quelle source d'embarras et de procès pour l'administration départementale !

3° *Difficultés d'une autre nature.*

Il est encore une autre source de graves difficultés qui naissent, non pas de ce que Madame Duparc a omis de dire, mais de ce qu'elle a dit.

Comment, par exemple, pourra-t-on, dans tous les cas, reconnaître les veuves *contre lesquelles* la séparation aura été prononcée ?

Les militaires n'ont pas de domicile fixe. et le tribunal, appelé à prononcer sur une demande en séparation de corps, sera quelquefois à l'autre extrémité de la France, aux colonies, etc. ; la veuve alors se gardera de révéler le jugement, et, pendant plus ou moins longtemps, elle touchera indûment la pension qui lui aura été allouée.

Comment saura-t-on, *d'une manière certaine*, si une femme a eu ou a de mauvaises mœurs ? Quels témoignages croira-t-on ? Le conseil sera-t-il souverain, ou, au contraire. la veuve refusée ou évincée aura-t-elle une action devant les tribunaux pour prouver qu'elle est de *bonnes mœurs*?

Si on accorde une action, que de scandale

Si on la refuse, que d'injustices possibles, volontaires ou involontaires !

Nous pourrions, sur toutes ou presque toutes les dispositions contenues dans la donation, faire des remarques d'où ressortiraient les nombreuses impossibilités d'exécution qu'elle renferme; mais il faut savoir se borner. Terminons sur ce point par une observation qu'il nous est impossible de ne pas faire.

En ordonnant que la pension serait retirée aux veuves qui se remarieraient, madame Duparc n'a pas vu qu'elle allait favoriser les mauvaises mœurs. En effet, une veuve, jouissant de la pension, pourrait faire un mariage par lequel, sans devenir riche, elle acquerrait un peu plus de bien-être; mais, placée entre la certitude de perdre sa pension, par son mariage, et la possibilité de la conserver en ayant, en secret de mauvaises mœurs, elle préférera vivre dans le désordre et ne songera pas à se marier, ce qui sera justement contre le but que se proposait madame Duparc. C'est ainsi, que la plupart du temps, les personnes peu éclairées vont directement contre le but qu'elles voudraient atteindre.

En admettant donc qu'il fût possible de mettre à exécution la libéralité de madame Duparc, les difficultés qui ne peuvent manquer de surgir, soit avec les héritiers, soit avec les bénéficiaires, sont de telle nature, que, sous ce troisième point de vue, l'autorisation d'accepter ne peut manquer d'être refusée par Votre Majesté.

III. Libéralité en faveur de la ville de Bourg.

Le 11 juillet 1844 (1), Madame Duparc a donné, à la Ville de Bourg, une somme de 50,000 francs, pour être employée comme suit :

10,000 francs (à fournir immédiatement par la donatrice) doivent servir à opérer le sondage d'un puits artésien, jusqu'à la profondeur de 100 mètres.

Au cas où l'on trouverait l'eau jaillissante avant d'avoir atteint 100 mètres, et que ce fait empêchât l'emploi total des 10,000 fr., le surplus profiterait à la ville de Bourg, mais resterait à la disposition de la donatrice jusqu'à son décès, et ne serait exigible que six mois après cet évènement.

Les 40,000 francs restant ne seront exigibles que six mois après le décès de la donatrice.

Ils seront employés à la confection d'un trophée qui sera placé sur la fontaine du puits artésien, et, à défaut d'eau jaillissante, sur l'emplacement qu'occupe la pompe actuellement existante de la Place du Champ-de-Mars.

Suivent des conditions prévisionnelles qu'il est inutile de rapporter, parce qu'elles ne se sont pas réalisées.

Par le même acte, Monsieur le Maire de la ville de Bourg a accepté, à titre conservatoire (2), la donation de Madame Duparc.

Madame Duparc décéda avant que l'autorisation d'accepter la donation eût été accordée.

Les héritiers réclamèrent, et leurs mémoires furent communiqués au Conseil Municipal de Bourg.

---

(1) Voir, à l'appendice n° 6, le texte de la donation.
(2) En vertu de l'article 48 de la loi du 18 juillet 1837.

Monsieur le Maire présenta au Conseil Municipal un volumineux rapport (1) dont il serait inutile de nous occuper; disons seulement que le vice de l'argument principal de ce mémoire frappe les yeux à la simple lecture.

Monsieur le Maire dit : « que la donation ayant été *régulièrement acceptée*, elle doit, par cela, recevoir effet. » Dans cette matière, l'acceptation municipale est provisoire; *l'autorisation royale* seule donne, *à l'acceptation qui la suit*, le caractère d'irrévocabilité.

Voici, au surplus, les conclusions du rapport de Monsieur le Maire :

« D'après ces motifs : nous devons en conclure que la donation du 11 juillet
» 1844, ayant été acceptée d'après les formes voulues par la loi, doit rece
» voir sa pleine et entière exécution; en conséquence, que les héritiers de
» la dame veuve Duparc seront tenus de payer à la ville de Bourg, indépen
» damment de la somme de 10,000 francs, employée au forage du puits arté
» sien : 1° celle de 40,000 francs pour l'érection du trophée à placer sur la
» fontaine, avec les intérêts, à partir du 15 octobre 1844, jour de son décès;
» 2° les frais d'acte de ladite donation.

» Cette donation a été soumise à l'approbation du gouvernement, et nous
» avons la conviction qu'en rejetant l'opposition formée par les héritiers Du
» parc, une ordonnance sera rendue qui nous autorisera à l'accepter.»

Le conseil municipal, avant de donner son avis, renvoya l'affaire à une commission: le rapport de cette commission (2) est conçu comme il suit :

» Que la commission a été à l'unanimité d'avis de défendre la libéralité faite
» à la ville de Bourg par la dame Duparc de Peigné contre l'opposition des hé
» ritiers de cette dame.

Et comme l'exposé présenté par Monsieur le maire à la séance du 25 jan-

---

(1 Délibération du 25 janvier 1845.

(2) Délibération du 29 mars 1845.

« vier 1845 contient, a dit le rapporteur, l'indication de tous les moyens propres
« à faire repousser la prétention des héritiers Duparc, la commission a pensé
« qu'il convenait d'inviter Monsieur le maire à adresser au Conseil d'État des
« observations dans le sens de celles qu'il a communiquées au conseil. Il est
« surtout, a continué le rapporteur, une considération sur laquelle il faut in-
« sister.

« Le forage du puits artésien touche au terme que lui ont assigné les conven-
« tions faites par Madame Duparc avec Monsieur Mulot ; le sondage est arrivé à
« 96 mètres ; on n'a pas trouvé d'eau ; il est à peu près certain qu'on n'en trou-
« vera pas dans les 4 mètres qui restent à sonder. — Ainsi les 10,000 francs con-
« sacrés à ce travail par Madame Duparc auront été dépensés en pure perte,
« si l'on s'arrête là. Cependant, c'est là une œuvre qui intéresse non seulement
« la cité, par l'immense avantage qu'elle retirerait de la disposition d'une eau
« jaillissante, mais encore le pays et la science par les résultats qu'on peut en
« attendre. Ces considérations pourront déterminer peut-être la ville de Bourg
« à continuer l'ouvrage de Madame Duparc et à s'imposer des sacrifices pour es-
« sayer de l'achever. Ne serait-il pas juste qu'elle trouvât dans l'allocation en-
« tière de la somme qui lui a été donnée par Madame Duparc, une sorte de com-
« pensation à ces sacrifices, puisqu'en définitive la dépense qu'elle serait obli-
« gée de faire, peut-être sans succès, aurait été nécessitée ou dûment provoquée
« par l'entreprise de Madame Duparc, entreprise sans laquelle la ville n'aurait
« jamais songé à un travail que ses ressources ne lui auraient pas permis d'exé-
« cuter. »

Après ce rapport, le conseil municipal émet l'avis (1) qu'il y a lieu de
soutenir la donation et de demander l'autorisation de l'accepter.

Ainsi le Conseil municipal de la ville de Bourg, tout en voulant recevoir
l'intégralité de la donation, demande qu'il y soit apporté une modifica-
tion dans la répartition des dépenses.

M. le Maire de la ville de Bourg, appelé à donner son avis particulier,
a partagé (2) la manière de voir du Conseil municipal.

---

(1) Même délibération du 29 mars 1845.
(2) Lettre du 24 avril 1845.

On trouve dans la lettre de M. le maire le passage suivant, qu'il faut remarquer :

" Car le but principal (de Madame Duparc) était de doter son pays natal d'un
" puits artésien. Le *monument* n'en était réellement que l'accessoire, *autrement*
" *sa donation*, loin d'être *utile à la ville de Bourg*, serait devenue une *charge pour*
" *elle*, etc. Et *sérieusement* il ne pourrait en être ainsi, etc., etc. "

M. le préfet de l'Ain a donné l'avis suivant (1) :

" Considérant que l'établissement d'un puits artésien serait d'utilité publi-
" que pour la ville de Bourg, dont plusieurs quartiers ne sont pas suffisamment
" pourvus de fontaines;

" Que les travaux de forage ont été poussés jusqu'à 100 mètres, suivant la vo-
" lonté de Madame Duparc et les conventions particulières qu'elle avait faites
" avec Monsieur Mulot, sans qu'on ait obtenu de l'eau jaillissante ;

" Qu'il importe de continuer ces travaux qui ont déjà absorbé les 10,000
" francs y affectés dans la donation du 11 juillet 1844, et qui auraient été ainsi
" dépensés en pure perte, si le forage était abandonné ;

" Que la commune de Bourg n'est pas à même de poursuivre le projet sur ses
" propres ressources;

" Considérant qu'il paraîtrait possible d'élever sur le puits artésien, si l'on
" obtient de l'eau jaillissante, ou sur l'emplacement de la pompe du Champ-
" de-Mars un monument digne de ceux dont Madame Duparc de Peigné a voulu
" honorer la mémoire au moyen d'une somme inférieure à celle de 40,000 francs
" qu'elle y a affectée ;

" Considérant qu'il résulte des renseignements que nous avons recueillis,
" que la position de fortune des héritiers de Madame Duparc de Peigné n'est
" pas aussi prospère qu'on avait pu le croire jusqu'ici, et qu'il semble juste, tout

_____

(1) 18 Novembre 1845.

» en respectant les volontés de la donatrice de les appeler à participer aux avan-
» tages de la succession ;

   » Par ces motifs, sommes d'avis :

   » Qu'il y a lieu d'autoriser la ville de Bourg à accepter la donation à elle faite
» par Madame Duparc de Peigné, suivant l'acte susvisé du 11 juillet 1844, jus-
» qu'à concurrence de 30,000 francs, y compris les 10,000 francs affectés spé-
» cialement aux travaux de forage du puits artésien sur le Champ-de-Mars, les-
» quels pourront être continués au moyen d'une nouvelle somme de 10,000
» francs imputable sur les 30,000 francs dont l'acceptation est proposée ; les
» 10,000 francs restant seront employés à la construction d'un trophée suivant
» les intentions de la donatrice, et à cette somme viendront se joindre pour le
» même objet, le cas échéant, toutes celles qui excéderaient le prix des travaux
» rendus nécessaires pour arriver à l'eau jaillissante ; le tout aux clauses et con-
» ditions de la donation. »

Comme le voit Votre Majesté, Monsieur le préfet de l'Ain est d'avis de
réduire à 30,000 francs la donation faite à la ville de Bourg.

Les héritiers de Madame Duparc pensent qu'une somme de 10,000 fr.
est suffisante ; ils vont développer leurs motifs.

Il résulte des documents que nous venons de mettre sous les yeux de
Votre Majesté :

   1° Que, sur les 50,000 francs donnés par Madame Duparc à la ville
de Bourg, 10,000 francs seulement devaient être employés *au forage d'un
puits artésien* jusqu'à la profondeur de cent mètres ;

   2° Que le forage du puits artésien, poussé jusqu'à cent mètres, n'a
donné aucun résultat ;

   3° Que le surplus (40,000 francs) devait être *exclusivement* employé à
l'érection d'un trophée, soit sur le puits artésien, soit sur la fontaine
actuellement existante sur la place du Champ-de-Mars ;

   4° Que Monsieur le Maire de la ville de Bourg considère, non pas

comme un *avantage*, mais comme une *charge*, l'établissement d'un trophée du prix de 40,000 francs.

Tout ceci bien établi, il faut en déduire les conséquences :

1. PUITS ARTÉSIEN.

Étant reconnu que, d'après la volonté de Madame Duparc, la ville
de Bourg n'était *donataire utile* que de 10,000 francs, affectés au forage
d'un puits artésien, et que le surplus de la somme donnée s'appliquait
à un usage purement voluptuaire, eu égard à la ville, l'embellissement
d'une place, est-il possible de réunir et confondre la totalité de la
somme donnée, pour, en méconnaissant les volontés de la donatrice,
constituer au profit de la ville de Bourg une *donation utile* beaucoup
plus considérable que celle contenue dans l'acte de donation?

Nous ne craignons pas de répondre négativement.

Puits artésien et trophée sont deux objets entièrement indépendants,
qu'il faut examiner isolément, dont le sort doit être réglé d'une manière
distincte.

En ce qui concerne le puits artésien, les volontés de Madame Duparc
sont accomplies; on a poussé le forage jusqu'à cent mètres; l'eau jaillissante n'a pas été trouvée: on ne doit pas aller plus loin.

Les 10,000 francs destinés à cette entreprise sont ou ne sont pas absor-
bés, leur sort sera réglé par les volontés de Madame Duparc.

A l'appui de la demande d'affectation au forage du puits artésien d'une
partie de la somme destinée au trophée, on fait valoir le vif désir que
Madame Duparc a toujours témoigné d'arriver à la réussite.

Les héritiers de Madame Duparc ne nient pas que cette dame ait
exprimé beaucoup d'intérêt pour la réussite du puits artésien ; mais
tout a une limite ; et au lieu de chercher la limite de l'intérêt de Ma-

dame Duparc dans des sentiments dont il est fort difficile d'apprécier la portée, ses héritiers pensent qu'il faut s'en tenir à la volonté expresse de la donatrice.

Or, nous le répétons, Madame Duparc n'a voulu pousser le forage qu'à cent mètres, on doit s'arrêter là ; aller plus loin avec l'argent fourni par elle, ce serait dénaturer et méconnaître ses intentions.

On ajoute, dans l'intérêt de la ville de Bourg, que la réussite du forage sera très utile, que, le forage abandonné, la ville perdra le bénéfice des sommes déjà dépensées, enfin que la ville n'est pas assez riche pour continuer le forage à ses frais.

Toutes ces considérations peuvent sans doute avoir quelque valeur en ce qui regarde la ville de Bourg; mais elles sont tout à fait indifférentes pour motiver le changement de destination de la libéralité de Madame Duparc.

En effet, de ce qu'une entreprise est utile à une ville ;

De ce que la ville perdra les sommes employées aux premiers travaux, si l'entreprise n'est pas continuée ;

De ce que la ville ne peut faire face aux nouvelles dépenses ;

Il ne s'en suit nullement que le particulier qui a bénévolement donné une somme pour conduire les travaux jusqu'à un certain avancement, puisse être tenu de contribuer au delà. Ce n'est donc pas dans cet ordre d'idées qu'il faudrait chercher la justification de la mesure sollicitée par la ville de Bourg.

En résumé donc, sur ce qui concerne le puits artésien, cette partie de la libéralité de Madame Duparc est hors de contestation; la somme dépensée pour cet objet est bien dépensée, les héritiers de Madame Duparc ne font aucune difficulté à ce que cette somme revienne à la ville de Bourg pour acquitter les dépenses de toute nature auxquelles a donné lieu le forage jusqu'à cent mètres; si la ville veut aller plus loin, elle avisera sur ses propres ressources.

Il faut maintenaut en venir au trophée.

II. LE TROPHÉE.

En lisant l'acte de donation du 11 juillet 1844, on demeure convaincu que Madame Duparc, faisant des dispositions pour assurer l'établissement d'un trophée à la mémoire de son père M. Nicolas Aubry et de son frère M. le lieutenant-général Aubry, avait en vue, non pas une libéralité en faveur de la ville de Bourg, mais bien une satisfaction de famille. Les motifs développés qui sont au début de l'acte, le soin avec lequel les divers cas qui peuvent se présenter sont prévus; tout enfin confirme cette idée.

Bien que Madame Duparc, *si le trophée était construit de son vivant*, ait donné à la ville de Bourg le surplus des sommes non employées; comme le trophée n'a pas été construit, comme le plan n'en a pas même été dressé du vivant de Madame Duparc, la ville de Bourg, si elle était autorisée à accepter la donation telle qu'elle a été faite, serait tenue de consacrer au monument *toute la somme* y affectée par Madame Duparc.

Il suit de là, que la ville de Bourg est sans intérêt, en dehors de l'embellissement d'une place publique, à ce que l'autorisation d'accepter lui soit accordée, et que même la donation, en ce qui concerne le monument, est *plutôt une charge qu'un avantage*, ainsi que Monsieur le maire de Bourg l'a reconnu (1).

La ville Bourg n'ayant pas d'autre intérêt que celui de l'embellissement d'une place publique, il devient facile d'apprécier les intentions de Madame Duparc, et d'aviser aux moyens de les exécuter.

_____

(1) Lettre du 24 avril 1845.

Madame Duparc a voulu honorer son père, Monsieur Nicolas Aubry, et son frère, le général Aubry.

Monsieur Louis Aubry, fils de Monsieur Nicolas Aubry, et frère du général Aubry, Madame veuve Ardiet, petite-fille de Monsieur Nicolas Aubry, et fille du général, se sont toujours associés aux intentions de Madame Duparc, en tout ce qui tendait à honorer la famille Aubry ; aussi ont-ils toujours demandé que les intentions de Madame Duparc fussent accomplies ; ils le demandent encore aujourd'hui.

Pour accomplir ces intentions, est-il nécessaire de dépenser 40,000 fr. ? Telle est la question.

Le conseil municipal et le maire de la ville de Bourg sont d'avis de la négative, puisqu'ils demandent à reporter une partie des 40,000 francs sur le puits artésien ; de plus, comme nous l'avons déjà vu (1), Monsieur le Maire déclare qu'un monument de 40,000 francs serait une charge pour la ville, ce qui, *sérieusement, ne pourrait être fait*, ajoute Monsieur le maire.

Monsieur le préfet du département de l'Ain est d'avis (2) que la ville de Bourg ne doit être autorisée à accepter que 30,000 francs au lieu de 50,000 francs, montant de la donation ; sur ces 30,000, 10,000 seulement seraient consacrés au trophée.

Ainsi, accord pour reconnaître que l'on ne doit pas dépenser 40,000 fr. pour le trophée ; et avis duquel il résulte que 10,000 francs seront suffisants.

Aucun projet n'a été dressé ; les héritiers de Madame Duparc proposent à la ville de Bourg de faire placer ; soit sur le puits artésien, soit sur tout autre monument, au cas où le puits artésien viendrait à ne pas être continué, une table *en bronze*, portant l'inscription suivante, ou toute autre analogue :

_____

(1) Lettre du 24 avril 1845.

(2) Arrêté du 18 novembre 1845.

JOSÉPHINE-ANTOINETTE AUBRY, VEUVE DUPARC DE PEIGNÉ.

A

NICOLAS AUBRY, SON PÈRE,

Ingénieur en chef de la province de Bresse.

ET A

CLAUDE-CHARLES AUBRY, SON FRÈRE,

Lieutenant-Général d'artillerie,

mort à Leipzig (1813).

Ainsi seront conciliées les intentions de madame Duparc avec leur juste et légitime exécution ; la ville de Bourg ne sera pas chargée de l'entretien d'un monument qui pourrait, par la suite, devenir très onéreux.

La somme de 10,000 francs, affectée au forage du puits Artésien, n'a pas été dépensée ; 5,000 fr. seulement ont été payés par madame Duparc, les 5,000 francs restants seront sans doute plus que suffisants pour faire face aux frais de la table de bronze ; mais si cette somme ne suffisait pas, ou si elle était due en tout ou en partie pour le puits artésien, les héritiers de madame Duparc sont prêts à fournir la différence.

Sous le mérite de cette offre, ils pensent que la libéralité de madame Duparc, en faveur de la ville de Bourg, doit être réduite à une somme totale de 10,000 francs.

L'autorisation que sollicite la ville de Bourg, même dans les limites indiquées par M. le Préfet de l'Ain, ne peut manquer de lui être refusée par le conseil de Votre Majesté.

RÉSUMÉ ET CONCLUSIONS.

De tout ce que nous venons d'exposer dans ce mémoire, il résulte :

Relativement à la partie morale de l'affaire :

1° Que Madame Duparc a fait des libéralités s'éle-
vant au total à. . . . . 172,000 f. » » c.

2° Que le net de sa fortune n'était que de. . . . 160,000 » »

Qu'ainsi (sauf un double emploi) il y avait un excédant des libéralités sur l'actif de. . . . . . 12,000 » »

3° *Qu'en fait* la presque totalité de la fortune de Madame Duparc provenait d'elle-même et non de son mari ;

Qu'en droit M. Duparc n'aurait pu disposer sur ce qui lui revenait
d'une somme de 40,000 fr. ;

Qu'ainsi, c'était bien les héritiers de Madame Duparc et non ceux de
M. Duparc qui avaient à se plaindre des dispositions faites par Madame
Duparc ;

4° Que Madame Duparc était dans un état de santé des plus déplora-
bles ;

5° Que des héritiers de Madame Duparc, l'un M. Aubry, ayant une
nombreuse famille, est à peine dans l'aisance ; l'autre, Madame veuve
Ardiet, ayant une fille, a été longtemps dans l'indigence et y touche
encore ;

6° Que Madame Duparc a toujours conservé d'excellentes relations avec
son frère, M. Aubry ;

7° Qu'en ce qui concerne Madame veuve Ardict, Madame Duparc a fait porter sur sa nièce un ressentiment dont les causes étaient totalement étrangères à Madame Ardict, qui ne pouvait se reprocher que d'avoir obéi à sa mère.

Qu'ainsi, c'est une femme âgée, malade de corps et d'esprit, irritable, trompée sur la vraie position de sa famille, tenant éloignée d'elle, sans cause et sans motifs légitimes, la fille de son frère, pour lequel elle professait un attachement si vif, qui a donné son patrimoine à des établissements publics.

En face de tous ces faits, Votre Majesté se demandera :

Si Madame Duparc n'était pas privée de la liberté nécessaire pour accomplir des actes aussi graves ;

Si les héritiers de Madame Duparc ne sont pas dans une position des plus favorables pour réclamer en dehors même de l'objet des libéralités.

La solution de ces points doit exercer une grande influence sur les résolutions de Votre Majesté, les héritiers de Madame Duparc sont convaincus qu'un examen attentif de l'affaire ne peut qu'amener une solution affirmative.

Relativement aux Libéralités en elles-mêmes.

En ce qui concerne les libéralités faites à la ville de Meximieux

1° Que le montant de ces libéralités est de. . . . 20,000 francs.

Mais que la ville consent à ne recevoir que. . . . 12,521 »

Ce qui produit une réduction de. . . . . . . 7,479 francs.

2° Que 10,000 francs ont été payés par madame Duparc, d'où il suit que la ville de Meximieux demande à recevoir 2,521 francs, lesquels seraient destinés à payer le solde du prix de la fontaine établie suivant les intentions de madame Duparc, solde que la commune est trop pauvre, d'après elle, pour pouvoir payer de ses propres deniers ;

3° Que les héritiers de madame Duparc, qui pensent que la fontaine dont s'agit a coûté seulement 8,184 francs, d'où résulterait que la somme de 10,000 francs n'a pas été absorbée, n'ont aucun moyen de vérifier si réellement la fontaine a coûté 12,521 francs, et si la commune ne peut pas payer le solde de ce prix; que ces faits, fussent-ils exacts, il n'en résulterait pas que la commune dût recevoir les 2,521 francs dont s'agit ;

4° Enfin, que les héritiers offrent bénévolement à la commune de Meximieux une statue, laquelle est du prix de 5,500 francs.

D'où il suit que la ville de Meximieux aura reçu ou recevra 10,000 francs, payés par madame Duparc, et la statue qui est de. . .   5,500 ,

Au total, 15,500 francs.

En ce qui concerne la commune de Charnoz.

1° Que les libéralités de Madame Duparc sont de deux sortes :

La première comprenant des terres évaluées à. . . . . .   12,000 fr
La deuxième se composant de sommes dont le total
s'élève à.   46,000

Ce qui donne pour le tout   58,000
Mais qu'un double emploi a été reconnu, lequel est de. .   25,000

Ce qui réduit la libéralité à. . . . .   33,000 fr.

2° Que, relativement au legs des terres, l'impossibilité d'exécuter, dans leur entier, les conditions imposées par l'acte de donation est reconnue par la commune de Charnoz, qui demande, pour assurer l'exécution d'une partie des volontés de Madame Duparc, à recevoir seulement une somme de 2,000 fr. ;

Que cette proposition paraît tout à fait acceptable aux héritiers de Madame Duparc qui offrent même une somme plus considérable ;

Que cependant M. le Préfet de l'Ain est d'avis : « que la commune de » Charnoz soit autorisée à recevoir les 12,000 fr (prix estimatif des ter- » res), qu'il soit créé dans cette commune un bureau de charité pour » l'administration du legs de Madame Duparc, etc. »

Que cet avis ne peut être adopté comme étant contraire au texte de l'art. 900 du Code civil;

3° Que, relativement à la libéralité de 25,000 fr.contenue dans le testament du 5 septembre 1840, tout le monde est d'accord pour reconnaître que ce testament fait double emploi avec le codicille du 30 mai 1842. qu'ainsi la somme de 25,000 fr. doit être retranchée;

4° Que, relativement à la somme de 21,000 fr. donnée par le codicille du 30 mai 1842, la commune de Charnoz demande à être autorisée à l'accepter, que M. le Préfet de l'Ain est d'avis qu'une somme de 11,000 fr. est suffisante pour assurer l'exécution des volontés de Madame Duparc;

Que les héritiers Duparc offrent à la commune de Charnoz une somme de 10,000 fr. y compris les 2,000 fr. provenant du legs des terres;

Que cette proposition, qui ne diffère que de 3,000 fr. avec l'avis de M. le Préfet de l'Ain , assure pleinement l'exécution des volontés praticables de Madame Duparc.

En ce qui concerne la libéralité faite au département de l'Ain.

1° Que cette libéralité s'élève à la somme de 40,000 fr. (capital évalué de deux rentes sur l'état);

2° Que le département de l'Ain demande à la recevoir dans son entier.

3° Que les héritiers de Madame Duparc demandent au contraire que

9.

l'autorisation d'accepter soit refusée au département de l'Ain, par les motifs :

Que le département est sans qualité pour recevoir, eu égard à la nature de la donation ;

Que la donation, *en elle-même*, est inexécutable ;

Que, fût-elle exécutable, l'exécution soulèverait les plus grandes difficultés ;

Qu'ainsi la donation pourrait n'être pas exécutée ou *dans son entier*, ou *dans quelques parties*, ce qui donnerait aux héritiers des droits et ferait naître des procès, etc ;

Qu'il existe beaucoup d'autres difficultés dans l'exécution ; que rien n'a été prévu, etc.

En ce qui concerne la libéralité faite à la ville de Bourg.

1° Que cette libéralité s'élève à la somme de 50,000 francs, ayant deux objets distincts, le forage d'un puits artésien jusqu'à 100 mètres, auquel forage 10,000 francs sont affectés, la construction d'un trophée, qui doit employer les 40,000 francs restants ;

2° Que la ville de Bourg demande à recevoir l'intégralité de la donation en appliquant une partie des 40,000 francs au forage au-delà de 100 mètres, du puits artésien ;

3° Que Monsieur le préfet de l'Ain est d'avis de n'autoriser la ville de Bourg à accepter que jusqu'à concurrence de 30,000 francs, dont 20,000 francs seraient affectés au puits artésien, et 10,000 francs au trophée ;

4° Que les héritiers de Madame Duparc, pensent qu'une somme de 10,000 francs est suffisante pour accomplir les intentions de Madame Duparc, par les motifs :

Que Madame Duparc n'a jamais voulu qu'on forât, *à ses frais*, le puits artésien, au-delà de 100 mètres, et que les 100 mètres ont été atteints sans trouver l'eau jaillissante;

Que les 10,000 francs affectés au forage n'ont pas été dépensés en totalité.

Que la ville de Bourg convient elle-même, d'accord en cela avec Monsieur le préfet et les héritiers, qu'un trophée de 40,000 francs serait une *charge et non un avantage* pour la ville;

Qu'une *table de bronze* avec une inscription à déterminer, placée soit sur le puits artésien s'il est continué, soit sur tout autre monument de la ville, sera une exécution suffisante de la volonté de Madame Duparc;

Que pour faire face à cette dépense, le reliquat non employé des 10,000 francs du puits artésien suffira; mais qu'en tout cas, les héritiers offrent d'en supporter les frais.

Par les motifs et considérations que nous venons de résumer et par autres motifs, qu'il plaira à Votre Majesté suppléer dans sa sagesse,

Monsieur Jacques-Louis Aubry et Madame veuve Ardiet, héritiers bénéficiaires de Madame Duparc, demandent qu'il vous plaise :

SIRE,

1° Refuser à la ville de Meximieux l'autorisation d'accepter le legs à elle fait, même réduit à 2,521 francs ;

Sauf la remise à la ville de la statue du prix de 5,500 francs, remise que les héritiers Duparc sont prêts à effectuer;

2° Refuser à la commune de Charnoz l'autorisation d'accepter le legs en terres évaluées 12,000 francs.

Autoriser seulement cette commune à accepter sur les legs de 21,000 francs, une somme de 10,000 francs, laquelle sera employée, savoir: les intérêts de 2,000 francs à l'entretien des tombes de famille, et le surplus comme avisera Votre Majesté, au mieux des intérêts de la commune;

3° Refuser au département de l'Ain l'autorisation d'accepter la donation qui lui a été faite;

4° Autoriser la ville de Bourg à accepter la donation à elle faite jusqu'à concurrence seulement de 10,000 francs, lesquels seront employés; savoir: la somme nécessaire à payer les frais de forage du puits artésien jusqu'à 100 mètres, et le surplus restant libre à la confection d'une table de bronze, suivant ce qui a été dit dans le présent mémoire.

Sous l'offre, par les héritiers de Madame Duparc, de faire face aux frais de la table de bronze dont s'agit, au cas où la somme non employée au puits artésien ne suffirait pas.

Et Votre Majesté fera justice.

MIRABEL CHAMBAUD,

Avocat à la Cour de Cassation et aux Conseils du Roi.

Paris, 25 janvier 1846.

APPENDICE.

N° 1. — 28 mars 1837. — *Donation.*

Par acte devant Mᵉ PORTALLIER, notaire à Meximieux, Madame Duparc donne à *la ville de Meximieux*, une somme de 10,000 francs pour la création d'une fontaine publique (1).

Les 10,000 francs ont été versés par Madame Duparc; ils sont aujourd'hui déposés dans la caisse du receveur particulier des finances de Trévoux.

N° 2. — 23 aout 1837. — *Testament.*

Je soussignée Joséphine-Antoinette Aubry, veuve de François-Vincent-Remi Duparc de Peigné, rentière, domiciliée à Tours et résidant à Meximieux, constate par le présent Testament, l'emploi irrévocable, après ma mort, selon ma volonté, de tout ce qui me reste de propriétés territoriales situées dans la commune de Charnoz, département de l'Ain.

Je déclare donc en conséquence que, pour témoigner aux *habitants de Charnoz* l'intérêt que je leur porte et la confiance que j'ai en eux, je donne et *je lègue à leur commune* les quatre pièces de terres situées, l'une au Vorgey, la deuxième dans la Lot ou au plâtre, la troisième vers les Aigues, la quatrième sous Bilien.

Les quatre objets ci-dessus mentionnés étant affermés par moi aux

---

(1) Nous n'avons pas le texte de cet acte de donation.

sieurs Armentière et Martinon, par acte reçu Lecours et son Collègue, notaires à Lyon.

Je donne et lègue, dis-je, après moi, à la commune de Charnoz tous ces terrains, à la charge de fournir à perpétuité, avec leurs produits et leur revenu, à l'entretien du tombeau de famille que j'ai fait construire dans le cimetière de Charnoz et au paiement des messes et prières qui seront consacrées aux défunts, savoir : pour chacun un service à chaque anniversaire, puis les prières du prône et les messes.

Pour prélever les frais de piété sur le revenu desdits immeubles, mon expresse volonté est qu'il soit fait au premier jour de possession, par le Conseil municipal de Charnoz, cinq lots égaux qui demeureront à perpétuité dans leur première composition et seront remis en jouissance à chacun des cinq plus vieux chefs de famille, soit homme, soit veuve, estimé par le Conseil municipal digne d'obtenir de lui cet encouragement par la précédente conduite de leur vie entière.

Chaque lot sera cultivé par son possesseur jusqu'à son décès, pourvu qu'il l'ait, la première année de jouissance. entouré de haies vives entretenues et taillées, après leur (ce mot est surchargé) venue carrément au ciseau. Nul ne pourra employer à la culture de son lot, autre travailleur que ses enfants ou descendants, et dans l'impuissance de l'accomplissement de cette condition, il faudra une permission du Conseil municipal pour qu'il puisse faire cultiver à moitié fruits.   .

Il est interdit à tout possesseur d'affermer à prix d'argent, de même que les lots ne seront jamais accordés à des habitants nantis de quelque ferme étrangère à leurs biens, et il leur est interdit d'en cultiver une fois qu'ils seront tenanciers du lot.

L'intention de la testatrice est que les vieillards jouissent successivement et paisiblement, à perpétuité en bons pères de famille, sans faire ni souffrir qu'il soit fait aucunes déprédations et détériorations sous peine d'être comptable d'indemnité (ce mot est écrit en interligne au-dessus d'un mot raturé) taxée par le Conseil municipal jusqu'à la valeur estimative du quart du revenu restant après les frais prélevés pour les messes, prières et le monument.

Au décès du tenancier, les récoltes dont les fonds seront ensemencés appartiendront au nouvel occupant, semences prélevées et remises aux héritiers du défunt.

Les contributions seront à la charge des possesseurs.

Tout possesseur quittant la commune pour se domicilier ailleurs, renoncera par ce fait à ses droits de possession, lesquels passeront aussitôt à son successeur présumé.

Les récoltes desdits immeubles seront insaisissables pour toute autre dette que la contribution et le contingent de frais consacrés à l'entretien du monument et aux messes et prières.

Le contingent des messes et prières du prône à perpétuité sera du sixième de chaque (ces deux mots sont écrits en interlignes au-dessus du mot *du* raturé) lot, prix de culture prélevé, le contingent sera porté et déposé chez le desservant, à moins que celui-ci ne préfère lever lui-même sa part de récolte sur le terrain.

Les frais d'entretien des tombes seront comptables au Conseil municipal chargé d'ordonnancer leurs réparations comme de les surveiller.

Ne sera jamais admis à jouissance de mon legs toute famille étrangère au pays et qui n'y aurait pas 25 ans de résidence constante.

Il ne sera accordé de lot qu'à celui qui aura au moins cinquante-cinq ans d'âge; on acceptera la veuve de quarante ans.

Le chef d'une famille nombreuse qui n'aurait pas d'attelage et dont tous les enfants seraient forts pour travailler tout le terrain à la bêche, ne pourrait être refusé, s'il avait d'ailleurs de bons témoignages de moralité.

Nul ne pourra être admis si l'on peut lui reprocher immoralité, irréligion, ivrognerie ou fainéantise.

Je m'engage à ne jamais faire déroger le présent Testament de mes dispositions à venir sur le surplus de mon avoir.

A moins toutefois que les sous-fermiers qui cultivent présentement n'apportent de la négligence dans le paiement de leur ferme à mon profit.

Fait à Meximieux, ce vingt-trois août mil huit cent trente-sept.

Joséphine-Antoinette Aubry, veuve Duparc de Peigné.

J'ajoute encore que s'il était dérogé aux vœux de la testatrice, et que le monument fût abandonné à la destruction, mon principal héritier serait nanti de l'autorisation nécessaire pour suppléer la fondation et partant en réclamer l'exécution des clauses ou leur nantissement.

N° 3. — 5 SEPTEMBRE 1840. — *Codicille.*

Je soussignée Antoinette Aubry, veuve de Monsieur François-Vincent-Remi Duparc, vivant de mes revenus à Paris où je suis domiciliée, voulant ajouter aux dispositions de mon Testament en date à Meximieux, du 23 août 1837,

Donne et lègue par les présentes à *la commune de Charnoz,* canton de Meximieux, la somme de 25,000 francs à prendre sur les capitaux qui composeront ma succession au jour de mon décès.

Ce legs est ainsi fait à la charge par la commune de Charnoz d'employer, dans l'année qui suivra mon décès, les 25,000 francs :

1° A la construction en pisé, à l'endroit le plus favorable et qui sera indiqué par une décision du Conseil Municipal, d'une maison pour la Mairie. Cette maison aura un rez-de-chaussée suffisant pour servir de dépôt de bois ou autres denrées, dans le cas où l'on obtiendrait du gouvernement le rétablissement de la foire annuelle qui existait anciennement.

Un bon et commode escalier en bois épais conduira au premier étage, qui devra consister en une salle de conseil, un cabinet d'archives, un cabinet de débarras; les deux premières pièces seront avec cheminées, les plafonds seront en plâtre et les murs lissés, les portes et les fenêtres de cette maison auront des montants en pierre de taille ; les fenêtres du rez-de-chaussée seront garnies de barreaux en fer plein, la porte cochère sera aussi en barreaux de fer plein avec des montants en pierre de taille.

Le second étage se composera d'un ou deux greniers qui ne pourront jamais être loués pour plus de quinze jours, et le loyer devra être payé d'avance.

2° A faire l'acquisition d'un terrain suffisant pour servir de cimetière à la commune de Charnoz; ce terrain devra être situé hors du village et de toute habitation, il sera clos de murs construits en pisé et recrépis, la porte d'entrée aura ses montants en pierre de taille et sera à barreaux de fer plein.

3° A adapter une main courante et une barrière en fer plein à l'escalier que j'ai fait faire dans le cimetière à son entrée.

4° Le surplus des 25,000 francs sera employé à l'établissement d'un puits artésien placé dans la position la plus avantageuse pour la commune.

5° Enfin, s'il y a un excédant, je désire qu'il soit consacré à l'établissement d'un four bannal ou d'une fontaine dans l'intérieur du village, au choix de mes exécuteurs testamentaires, ci-après nommés.

Je tiens à ce que les 25,000 francs que je donne et lègue à la commune de Charnoz, ne reçoivent pas d'autre destination que celle que je viens d'indiquer, à peine de nullité du legs. Je nomme pour mes exécuteurs testamentaires, Monsieur de Montherot et Monsieur Portallier, notaire, les priant de veiller à ce que mes intentions soient ponctuellement exécutées; en cas de décès de Monsieur Portallier, Monsieur de Montherot serait alors seul exécuteur testamentaire, et à défaut de ce dernier, je nomme pour mon exécuteur testamentaire, Monsieur de Montherot son fils, puis à dé-

10

faut de celui-ci, Monsieur de La Chapelle, gendre de Monsieur de Montherot.

J'exprime ici le vif désir que l'on ne danse plus jamais en face et autour de l'Église, que les buissons du vieux cimetière soient taillés carrément au ciseau et parfaitement entretenus, qu'il n'y soit planté aucun arbre fruitier et que même l'on arrache les noyers qui existent actuellement.

Que sur ce cimetière, toute plantation soit au moins à distance de dix pieds de la barrière des tombes de ma famille et de l'Église.

Je confirme toutes les dispositions de mon testament de 1837, n'entendant aucunement y déroger par la présente. Je confirme également la donation que j'ai faite aux habitants de Meximieux, par acte passé devant M⸱ Portallier, notaire à *Meximieux*, le **28 mars** 1837, *d'une somme de dix mille francs* pour la construction d'une fontaine publique qui sera élevée sur la place de Vaugelas.

J'ajoute *une somme de dix mille francs*, que je donne et lègue *aux mêmes habitants de Meximieux* pour compléter *une somme de vingt mille francs* que je juge indispensable à la construction de ladite fontaine ci-dessus mentionnée, qui devra être établie d'après les plans que je laisserai.

Dans le cas où mes intentions pour cette fontaine ne seraient pas entièrement exécutées, j'entends alors que la donation de dix mille francs et le legs ci-dessus des dix autres mille francs seront entièrement nuls, et ne puissent recevoir leurs effets.

N° 4. — 30 MAI 1842. — *Codicille.*

Je soussignée Joséphine-Antoinette Aubry, veuve de Monsieur Vincent-François-Remi Duparc de Peigné, vivant de mon revenu à Paris, où je suis domiciliée, voulant ajouter aux dispositions de mon testament en date à Meximieux du 23 août 1837 ,

Donne et lègue, par ces présentes, à *Monsieur de Montherot*, propriétaire à Charnoz, canton de Meximieux, département de l'Ain, la *somme de vingt-cinq mille francs*, à prendre sur les capitaux qui composeront ma succession au jour de mon décès.

Ce legs est ainsi fait à la charge par Monsieur Montherot, d'employer dans l'année première et dans l'année seconde qui suivront mon décès, les-dits 25,000 francs, savoir :

1° A construire audit Charnoz, à l'endroit le plus favorable, et qui sera indiqué par une décision du conseil de la commune, une maison en pisé pour la mairie; cette maison sera élevée d'après les plans de Monsieur de Montherot, ou, en cas de son décès imprévu, par le successeur propriétaire des biens et maison neuve d'habitation, par moi vendus audit Monsieur de Montherot à Charnoz.

Un bon et commode escalier en bois épais conduira au premier étage qui devra consister en une salle de conseil, un cabinet d'archives et un cabinet de débarras : les deux premières pièces seront avec cheminées ou poêles, plafond et mur en plâtre au dedans et lissés. Le second étage se composera d'un ou deux greniers suivant la volonté de M. de Montherot.

2° A faire l'acquisition d'un terrain suffisant pour servir de cimetière à la commune de Charnoz ; ce terrain devra être situé en dehors du village et de toute habitation; il sera clos de murs construits en pisé et récrépis. La porte d'entrée aura ses montants en pierre de taille et sera en barreaux de fer plein, aussi bien qu'une croix d'un demi-mètre au moins de hauteur, laquelle croix surmontera la porte.

3° A adapter une main courante et une barrière en fer plein à l'escalier que j'ai fait faire au cimetière.

4° A compter de ma part à François Milliat, mon filleul et celui de défunt mon mari, la somme de 4,000 francs une fois payée, laquelle somme je donne à ce filleul susdit pour qu'il continue par lui et les siens, s'il se marie, les soins pieux qu'il a su donner jusqu'à ce jour à mes tombes, et pour l'en récompenser.

5° L'excédant des quatre premiers emplois ci-dessus mentionnés par ma volonté, fournira soit à l'établissement d'un puits artésien dans la commune de Charnoz, soit à la construction d'un four banal, soit enfin à la création d'une fontaine dans l'intérieur du village : toutes ces choses spécifiées dans ce cinquième article ne seront établies que par la seule décision de Monsieur de Montherot, ou de son successeur, dans la propriété et l'habitation neuve que je lui ai vendues, toutefois bien entendu, après l'exécution des quatre premiers articles ci-dessus expliqués et dont je ne veux pas qu'il soit dévié.

Lorsque le cimetière nouveau sera confectionné, M. de Montherot seul en aura les clefs et la propriété, jusqu'à la bénédiction et l'enterrement des défunts dans ce nouvel enclos salutaire au pays.

J'exprime ici le vif désir que l'on ne danse plus jamais en face et autour de l'Église.

Je confirme toutes les dispositions de mon testament du 23 août 1837, n'entendant nullement y déroger par ces présentes.

Je confirme également la donation que j'ai faite aux habitants de Meximieux, par acte passé devant Mᵉ Portallier, alors notaire à Meximieux, le 28 mars 1837, d'une somme de 10,000 francs pour la construction d'une fontaine publique qui sera élevée sur la place de Vaugelas à Meximieux.

Dans le cas où mes intentions, pour cette fontaine ne seraient pas entièrement exécutées, j'entends que la donation des 10,000 francs soit alors entièrement nulle et ne puisse recevoir son effet.

N. 5. — 11 Juillet 1844.—*Donation.*

Par-devant Mᵉ Vincent, notaire à la résidence de Bourg, chef-lieu du département de l'Ain, témoins en fin nommés présents,

Ont comparu Madame Antoinette-Joséphine Aubry, veuve de Monsieur Vincent-François-Rémi Duparc de Peigné, décédé, lieutenant-colonel du génie militaire, chevalier de l'ordre royal de la Légion-d'Honneur, et de l'ordre royal et militaire de Saint-Louis ; ladite dame rentière, domiciliée à Paris, rue Saint-Honoré, 332,

D'une part ;

Et monsieur Jean-Pierre Marquier, chevalier de la Légion-d'Honneur, maître des requêtes au Conseil d'Etat, préfet du département de l'Ain, demeurant à Bourg, procédant en cette qualité,

D'autre part.

[Madame Duparc de Peigné a dit que Nicolas Aubry, son père, inspecteur général des ponts et chaussées, et le comte Charles Aubry, son frère, fils du précédent, lieutenant général d'artillerie, tué à la bataille de Leipzig, appartiennent au département. Le premier y exerça pendant 20 ans des fonctions publiques ; il fut l'un des fondateurs de la Société royale d'Émulation et d'Agriculture.

Le pont de Neuville sur Ain et les routes les plus importantes de la contrée rappellent l'habileté avec laquelle étaient exécutés les travaux publics sous sa direction.

Son fils, né à Bourg, était à peine âgé de 19 ans quand il fut créé capitaine sur le champ de bataille de Fleurus ; ce fut lui qui facilita, dans une circonstance douloureuse pour la France, le passage de nos troupes à la Bérésina ; son nom figure honorablement sur l'arc de triomphe de l'Etoile.

Nicolas et Charles Aubry ont enfin tous deux consacré leur vie à la prospérité et à la gloire de leur pays.]

La dame comparante a ajouté que, voulant honorer leur mémoire et s'associer en même temps aux sentiments qui les portaient aux actions utiles, elle se propose, autant que sa fortune peut le lui permettre, de fonder un secours qui viendrait à perpétuité en aide aux veuves d'officiers subalternes qui les auraient laissées sans fortune après avoir perdu la vie sous les drapeaux.

Dans ce but, madame Duparc fait, par le présent acte, donation entre vifs et irrévocable au département de l'Ain, en la personne de monsieur Marquier, préfet ici présent, et acceptant :

1° D'une rente 5 °/. de 1,400 fr. inscrite au grand-livre de la dette publique, le 13 mai 1840, avec jouissance des arrérages, à compter du 22 mars, même année, sous le n° 61,926, série première, talon n° 26,388, transfert n° 15,318, journal n° 19,393 ;

2° D'une autre rente 3 °/. de 203 francs avec jouissance dès le 22 juin 1839, inscrite aussi au grand-livre de la dette publique, le 11 juin de la même année sous le n° 16,116, série première, talon n° 42,521, transfert n° 4,569, journal n° 96, et cela sans préjudice des autres valeurs plus considérables que madame la donatrice pourra affecter à la destination ci-après par dispositions ultérieures.

Conditions de la Donation. Madame Duparc entend se réserver, pendant sa vie, la jouissance des rentes par elle actuellement données ; les arrérages qui, à partir de son décès en proviendront, seront annuellement employés par les soins de monsieur le préfet de l'Ain et avec le concours du conseil dont il sera parlé ci-après à la création de pensions, soit rentes viagères au maximum de 400 francs et au minimum de 100 francs en faveur des femmes malheureuses choisies parmi les veuves sans fortune, ou dans un état de gêne, laissées par des sous-lieutenants, lieutenants et capitaines des armées françaises qui, ayant pris naissance dans le département de l'Ain, seront morts en activité de service.

Ces pensions seront accordées de préférence à celles des veuves dont les maris seraient morts avant d'avoir droit à une pension de retraite.

Elles seront de leur nature incessibles et insaisissables.

Elles ne pourront, dans aucun cas, être attribuées ni conservées à des veuves d'officiers de grades supérieurs, non plus qu'à celles qui auraient contracté ou qui contracteraient par la suite un autre mariage.

Ne pourront recevoir ces pensions ni continuer d'en jouir les veuves qui, nées en pays étranger, auraient, après la mort de leur mari, quitté le territoire français.

Elles seront également refusées aux veuves dont l'inconduite, pendant la vie de leur mari, aurait déterminé, en faveur de ceux-ci, l'admission d'un jugement prononçant une séparation de corps, et à celles qui, sans avoir été séparées, seraient néanmoins reconnues avoir de mauvaises mœurs.

Lesdites pensions où rentes viagères ne seront accordées qu'après une délibération et sur la désignation d'un conseil spécial composé :

1° De M. le Préfet de l'Ain ; 2° De M. le général commandant le département ; 3° D'un membre du conseil général, désigné par ce coseil, ou à défaut, du membre qui l'aura présidé à la dernière session ; 4° De M. le Président du tribunal de première instance de l'arrondissement de Bourg ; 5° Du doyen du Conseil de Préfecture ; 6° Du maire de la ville de Bourg ; 7° Du juge de paix de la même ville. Madame Duparc exprime la volonté, qu'indépendamment des personnes composant le Conseil dont il vient d'être parlé, il y soit adjoint : 1° Monsieur de Lateyssionnière frère, et après lui, monsieur son fils ; 2° Monsieur Picquet, général d'artillerie en retraite, comme ayant eu, les uns et les autres, par eux ou leurs auteurs, des relations avec le père et le frère de la dame donatrice, et pouvant plus particulièrement entrer dans les motifs qui ont inspiré la fondation des rentes dont il s'agit aux présentes.

Les délibérations de ce conseil seront prises à la majorité absolue des voix et au moins par cinq des fonctionnaires ci-dessus désignés.

Chaque année, le conseil général du département de l'Ain devra, pen-

dant le cours de sa session, se faire rendre compte de l'emploi des arrérages des rentes destinées aux pensions dont il vient d'être parlé.

Madame la donatrice déclare enfin, que les frais occasionnés par la
présente donation, si elle ne les a pas remboursés pendant sa vie, seront
à la charge de sa succession, contre laquelle le département de l'Ain, qui
demeure chargé, dès à présent, d'en faire les avances, pourra les répéter, etc., etc.

N° 6. — 11 JUILLET 1844. — Donation.

Par-devant Me Vincent, notaire à la résidence de Bourg, chef-lieu du département de l'Ain, témoins en fin nommés présents.

Ont comparu Madame Antoinette-Josephine Aubry, etc., etc.

Et Monsieur Marie-Antoine Morellet, avocat, maire de la ville de Bourg
où il demeure, agissant en cette qualité.

Il a été donné les explications et fait les actes de donation et d'acceptation qui suivent :

[Comme en l'acte qui précède entre les deux crochets.]

La dame comparante a ajouté que voulant honorer le souvenir de son
père et de son frère et s'associer en même temps aux sentiments qui les
portaient aux actions utiles, elle demande à créer à ses frais une fontaine
s'il est possible, surtout à établir un trophée au milieu du Champ de
Mars de la ville de Bourg, en mémoire des hauts faits, des exploits et du
patriotisme de l'un et de l'autre.

Pour réaliser ses intentions, Madame Duparc de Peigné fait, par le présent acte, donation entre-vifs et irrévocable à la ville de Bourg, ici repré-
sentée par Monsieur Morellet maire, de la somme de 50,000 francs, qui
sera payée et employée de la manière suivante :

Conditions de la Donation. Des 50,000 francs dont il vient d'être parlé, 10,000 francs seront dès à présent fournis par la dame donatrice, et employés aux frais de sondage d'un puits artésien, dont les travaux seront exécutés par les soins de Monsieur Mulot jusqu'à la profondeur de 100 mètres, et sous la direction d'un délégué de la dame donatrice.

Si par l'effet de cette entreprise on obtenait une eau jaillissante à une moindre profondeur, et qu'il y eût ainsi défaut d'emploi d'une partie des 10,000 francs, ce qui formerait l'excédant de la dépense occasionée par le sondage, profiterait toujours à la ville de Bourg, mais resterait au pouvoir de la dame donatrice, et ne deviendrait exigible que six mois après son décès, et sans intérêts jusqu'alors, à moins qu'elle voulût le payer plus tôt, ce qui serait purement facultatif de sa part.

Dans tous les cas, les quittances des sommes que Madame Duparc aurait elle-même payées à l'entrepreneur du sondage, ou pour son compte, viendront en déduction *des dix mille francs*, sans que pour cela aucune cause, et sous aucun prétexte, la dame donatrice puisse en faire la réclamation à la ville de Bourg.

Quant aux autres 40,000 fr. qui ne seront également exigibles que six mois après le décès de Madame Duparc, laquelle s'en réserve jusqu'alors la jouissance, sauf à s'en départir plus tôt si elle le juge convenable, et si ses facultés le lui permettent, seront employés à la confection d'un trophée qui sera placé sur la fontaine du puits artésien, et à défaut d'eau jaillissante, sur l'emplacement qu'occupe la pompe actuellement existante sur la place du Champ de Mars.

Madame Duparc se réserve de faire dresser, par un architecte de Paris ou de Lyon, le plan du trophée par elle projeté.

Elle aura la faculté de le faire exécuter même de son vivant, en avançant les frais nécessaires et jusqu'à due concurrence. Dans les frais toutefois ne seront pas compris les tubes à établir dans l'intérieur du puits artésien, ni ceux relatifs à la conduite extérieure des eaux, lesquels seront, dans tous les cas, supportés par la ville de Bourg.

En cas de décès de Madame Duparc avant l'entière exécution du trophée, la ville de Bourg, en la personne de son Maire, s'engage à poursuivre sans retard l'entreprise commencée, et s'il y avait négligence dans l'exécution du vœu exprimé par la dame donatrice, l'exécuteur testamentaire qu'elle désignera dans ses dernières dispositions s'emparerait sur-le-champ de l'achèvement de l'œuvre.

Si madame la donatrice mourait sans désigner d'exécuteur testamentaire, la ville de Bourg ne pourrait exiger les sommes destinées aux frais du trophée qu'au fur et à mesure de l'exécution des travaux.

Dans le cas où le trophée serait exécuté pendant la vie de Madame Duparc, d'après la faculté qu'elle s'en est réservée, si les frais qu'il occasionnera n'absorbent pas les 40,000 fr. qui y sont affectés, l'excédant profitera à la ville de Bourg, mais continuera à rester au pouvoir de madame la donatrice qui s'en réserve pendant sa vie la jouissance.

Après la mort de Madame Duparc, les intérêts des sommes non employées ou payées courront de plein droit en faveur de la ville de Bourg.

Madame Duparc déclare enfin, que les frais occasionés par la présente donation, si elle ne les a pas remboursés pendant sa vie, seront en définitive à la charge de sa succession contre laquelle la ville de Bourg qui doit, dès à présent, en faire l'avance, pourra les répéter. etc, etc.

Paris.—Imprimerie de E. MARC AUREL. 12. rue Richer.

www.ingramcontent.com/pod-product-compliance
Lightning Source LLC
Chambersburg PA
CBHW060455260626
47161CB00005B/2118